新 潮 文 庫

ユタとふしぎな仲間たち

三 浦 哲 郎 著

新 潮 社 版

3276

ユタとふしぎな仲間たち

眠り薬の風が吹く村

いなかの春風のなかには眠り薬がまじっている。

眠い。じつに、眠い。眠くて眠くてたまらない。

きょう、またもやぼくは、授業中に居眠りをして、担任《たんにん》のクルミ先生に叱《しか》られてしまった。きょうは、午前中から、体がむずがゆくなるような、生暖かい春風が吹いていたから、ずいぶん気をつけていたのだけれど、五時間目の算数の時間、黒板に出された問題をさっさと解いてしまって、黒板の横の壁のカレンダーが窓から吹きこんでくる風にぱらぱらめくれているのを、机に頬杖《ほおづえ》を突いてぼんやり眺《なが》めているうちに、とうとう眠り薬にやられてしまった。

ふつう、眠くなると、まずアクビが先に出てくるものだが、この村の風にまじっている眠り薬はよほど強力なものとみえて、アクビは抜きで、いきなりこっくりとくるから困ってしまう。

ぼくはいつものように、竹のムチで頭をこつんとやられて、びっくりして目をさました。

「おはよう、東京のコックリさん」と、クルミ先生はいった。「もう、これで何度目かしら?」

何度目だろう? 残念なことに、ぼくは自分のことながらはっきりと答えることができなかった。これで十二回目だろうか、十三回目だろうか。ともかく十回を越していることは確かなのだが……。

ぼくは、東京から、東北もずっと北の方の山間《やまあい》にあるこの湯ノ花村の分教場《ぶんきょうじょう》に転校してきて、まだやっと一月《ひとつき》にしかならない。それなのに、この一月のあいだに十回以上も、授業中に居眠りをしては先生にみつかって叱られているのだから、まったく自分でもどうかしていると思わないわけにはいかない。

「いったい、どうしたんでしょう」

先生はそういって腕組みをしたが、ぼくは黙ってうつむいていた。春風のなかにまじっている眠り薬のせいで、などといえば、先生もクラスのみんなも、大笑いするにきまっているからだ。

「わかったわ」と、クルミ先生はいった。「ゆうべ、おそくまでテレビを見てたんでしょう」

「いいえ。ちがうんです、ぼく」

「そうかしら？　なんだか、顔にそう書いてあるみたいだけどな。東京の子どもって、すこしテレビを見すぎるんじゃないかしら」

顔にそう書いてあるだって？　と、ぼくはいささかむっとして思った。どうしてクルミ先生は、そんな幼稚園の生徒にいうみたいなことをいうんだろう、六年生のぼくに向かって。

ぼくは、東京の学校から急にこの村の分教場へ転校してきて、いろいろと情けない思いをしていたが、クルミ先生がぼくに話すときだけ、そんな乳くさい言葉づかいをするのも、ぼくには情けないことの一つだった。

いつだってそうなんだ、クルミ先生は。だけど、どうしてなんだろう。ぼくがチビだからだろうか。

なるほどぼくは、六年生にしてはちいさな体をしているかもしれない。それに、痩《や》せっぽちだし、肌色《はだいろ》も村の子どもたちに比べればずいぶん白い。その上、村の男の子たちはほとんど坊主頭《ぼうずあたま》なのに、ぼくは床屋《とこや》へいけばバリカンよりもハサミを多く使うような頭をしている。着ているものにしても、自分ではちっとも派手《はで》だとは思わないのだが、それでも村の子どもたちにまじっていると、女の子のように目立つらしい。それでクルミ先生は、ぼくをからかって、乳くさい言葉づかいをするのだろうか。

ぼくはいちど、お母さんに、その不満を訴《うった》えたことがある。すると、お母さんは笑ってこういった。

「それは、先生はなにもあなたをからかってるんじゃなくて、あなたのことをいたわってくだすってるのよ。あなたが東京からいきなりこんないなかの分教場へ転校してきたんだから。それに、お父さんがあんな事故で亡《な》くなられたんだから」

あんな事故、というのは、ぼくのお父さんが乗っていたマンモス・タンカーが、太平洋のまんなかで、船体が突然真っ二つに折れて沈没するという、とても常識では信じられないような、けれども現実に起こってしまった事故のことだ。

そのために、あとに残されたお母さんとぼくとが、お母さんの実家《じっか》のあるこの湯ノ花村へ引き揚げてきたわけだが、それにしても、ぼくはこれまで、人の同情を買うような態度はいちども取ったことがなかったと思っている。だから、クルミ先生がぼくをからかっているのではなく、いたわってくれているのだとしても、それがかえって、ぼくには少々迷惑《めいわく》なのだ。クルミ先生が、そんなふうにぼくのことをちいさな子ども扱いにするから、村の子どもたちもぼくを一人前に扱ってくれないのだという気さえ、ぼくにはする。村の子どもたちは、ぼくのことを『東京のモヤシっ子』といって、だれも仲間に入れてくれようとはしないのだ。

ぼくは、この村にきてから、いつもひとりぼっちだった。けれども、だからといって、ぼくは毎日テレビばかり見ていたのではない。第一、ぼくがいま住んでいるお母さんの実家には、テレビなんかないのだ。お母さんの実家は農家だから、おばあちゃんも、伯父《おじ》さんも伯母《おば》さんも、家族はみんな早寝早起きだ。もちろん、ぼくも、東京にいるころはそうでもなかったけれど、この村へきてからはすっかり早寝早起きのくせがついてしまった。だから、ちっとも寝不足なんかではないのだが、それでも一日中、絶えず眠気に襲《おそ》われるのだから、へんなのだ。

いなかの春風のなかには眠り薬がまじっている——そう思うほかはない。

眠い。じつに、眠い。眠くて眠くてたまらない。

この湯ノ花村は、その名のとおり湯の花のにおう村である。湯の花というのは、温泉のなかにできる沈澱物《ちんでんぶつ》のことだが、においとしてはそんなにいいにおいとはいえない。ちょっとアンモニアに似たにおいだ。それが、どこへいっても空気のなかにかすかににおっている村なのである。

いまはもう、馴《な》れてしまって、なんともないが、初めはこんないやなにおいのする村で暮らすのかと思って、うんざりしたものだ。

うんざりしたといえば、初めて村の分教場をみたときも、これから毎日こんなところへ通うのかと、正直いって、うんざりした。なんてちっぽけな学校だろう！

この分教場には、教室が三つしかなくて、それでいて小学校と、中学校を兼《か》ねているのである。一つの教室には、小学校の低学年が、一つの教室には、小学校の高学年が、もう一つの教室には中学生がはいっていて、先生は高野マモル・クルミという夫婦の先生がいるきりである。マモル先生は中学校を、クルミ先生は小学校の二教室をかけもちで教えている。

ぼくたち小学校高学年のクラスは、生徒の数が全員合わせても二十人に一人足りなかった。ぼくたち六年生は、たった六人しかいなくて、教室の外に面した窓ぎわに机を六つ、縦《たて》に一列に並べている。ぼくは転校生だから、一番うしろの机が与えられた。ところが、隣の机には五年生の小夜子《さよこ》という女の生徒がいて、この小夜子はほとんど毎日のように、まだ赤ん坊の弟をおんぶして学校へ出てくる。

困るのは、この赤ん坊がときどき大きな声で泣きだしたり、ぐずぐずとむずかったりすることよりも、蒸《む》れたオムツのにおいが鼻先に漂《ただよ》ってくることであった。それで、ぼくはたいていの日は窓を開《あ》けておくのだが、そうするとそこから風が容易にはいってきて、だからぼくは絶えず眠り薬にやられる危険にさらされているというわけだ。

その眠り薬のきき目に一役買っているのが、この分教場の授業の退屈さだと、ぼくはひそかにそう思っているのだが、東京の学校に比べると勉強はだいぶおくれているのに、この分教場では、教える先生も、おそわる生徒たちも、たいそうのんびりしているのだ。ぼくは、自慢をするわけではないけれど、東京の学校にいるころは、体育さえのぞけば常にクラスのトップを争っていた。競争相手が何人もいたから、勉強をするのにも張り合いがあった。ところが、この分教場へきてみると、競争相手なんか一人もいないばかりか、ぼくはなにかの手違いで一年か二年下の学年に入れられたんじゃないかという気さえしたものだ。

　ぼくは、すっかり気が抜けてしまって、ろくに勉強もしなくなった。予習なんかしてこなくても、先生が黒板に出す問題ぐらい、簡単に解くことができる。居眠りからさめた直後でも、国語の本ぐらいすらすら読める。それで、ぼくは授業時間の大半を、ぼんやり東京のことを思い出したりしながら過ごすのだが、困ったことに、そんな状態でいるときが最も眠り薬がききやすいのだ。つい、こっくりが出て、先生に叱られることになってしまう。

　村に湧《わ》いている温泉は、ラジウムを含《ふく》んだ鉱泉で、温泉宿が三軒ある。その三軒のうちでいちばん大きな銀林荘《ぎんりんそう》は、ぼくのお母さんの実家とは親戚《しんせき》同士で、お母さんはいま、かよいでその銀林荘の帳場《ちょうば》を手伝っている。ぼくは、分教場から帰ってきても、だれも遊び相手がいないから、縁側に学校道具を置くとそのまま銀林荘へいって、寅吉《とらきち》じいさんの薪割《まきわ》りを見物するくせがついていた。

　寅吉じいさんは、もうずいぶん昔から銀林荘に雇《やと》われている老人で、そろそろ腰が曲がりかけているのに、まだまだ薪を見事に割る腕は衰えを見せない。薪小屋《たきぎごや》のなかの、木の切り株の台に薪を立てて置いて、柄《え》の長いマサカリを振り上げ、振りおろすと、薪はさくりと割れて、切り株の両側に落ちる。

温泉といっても、湧いている鉱泉は温度が低いから、風呂《ふろ》は沸《わ》かさなければはいれない。その風呂を沸かすための薪を割るのが、寅吉じいさんの仕事なのだ。だから、寅吉じいさんはたいてい薪小屋にいるが、薪小屋にいないときは谷間の浴場の焚《た》き口《ぐち》の前で、キセルで一服《いっぷく》つけながら火の番をしている。その焚き口にもいないときは、谷川のほとりで傾いている朽《く》ちかけた水車小屋のかげで、昼寝をしている。

ぼくは、寅吉じいさんを捜《さが》して水車小屋のかげまでいって、そこの草の上に寝そべって昼寝をしているじいさんと並んで、眠ってしまうこともあった。薪小屋で、まだ割らない薪に腰をおろして見物しているうちに、だんだん瞼《まぶた》が重たくなってきて、いつのまにか眠ってしまうこともあった。

ある日、寅吉じいさんは、ちょうどそんな居眠りからさめたばかりのぼくの顔を、呆《あき》れたように眺めて、こういったことがある。

「寝る子は育つと昔からいうが、坊《ぼう》は、ちと、眠りすぎじゃのう」

眠る子は育つはずなのに、ぼくがいつまでもチビなのは眠りすぎるせいなのだと、じいさんはそう思ったのだろう。

「だけどねえ、眠くて眠くて、しかたがないんだよ、ぼく。きょうもね、学校で授業中に居眠りをして、先生に叱られちゃったんだ」

ぼくがそういうと、寅吉じいさんはマサカリを振る手を休めて、東京の学校でもときどき居眠りをして先生に叱られたのかと、ぼくに訊《き》いた。

「とんでもない」と、ぼくは答えた。「東京の学校では、居眠りなんかいっぺんもしたことがなかったんだ」

寅吉じいさんは、頭の鉢巻《はちまき》をゆっくり締《し》め直してから、こういった。

「坊がそんなに眠たいのは、そりゃ坊に仲間がいねえからじゃよ」

「……仲間って？」

「つまり、友だちじゃよ。子どもには、勉強するときにも遊ぶときにも、ちょうどいい相手になるような友だちが必要なもんじゃ。坊には、そんな仲間がいねえから、張り合いがなくて、ただ眠たくばっかりなるんじゃよ」

それも確かに一つの原因かもしれない。東京にいたころは、遊び仲間であると同時に勉強の競争相手でもあるという友だちが何人もいて、居眠りなんかのつけこむ隙《すき》がなかったといえる。

「だけどねえ、おじいちゃん」と、ぼくはいった。「この村の子どもたちは、だれもぼくの仲間になってくれようとはしないんだよ。ぼくだって、そりゃあ仲のいい友だちがほしいんだけど」

すると、寅吉じいさんは、ごほんごほんと、つづけさまに咳《せき》をしてから、この村に限らず、いなかの人間というものは、よそ者に対してそう簡単には打ち解けてくれないものなのだといった。ことに、都会からきた人間には、警戒心が強くて、なかなか自分の本心を見せようとはしない。

「だけど、短気を起こしたらいかん。何事も辛抱《しんぼう》がかんじんじゃよ。そのうちには、村の子どもらにも、きっと坊がいい子どもだということがわかってくる」

「それまで、ぼくはただじっと待ってるの？　ひとりで？」

寅吉じいさんは、それにはなんとも答えずに、また薪を割りはじめたが、しばらくすると割った薪を拾い集めながら、

「そんなに仲間がほしかったら、座敷《ざしき》わらしにでも相談して、しばらく遊び相手に

なってもらうほかはないじゃろうな」

独り言のようにそういった。

「座敷わらし？　座敷わらしって、なんなの？」

ぼくは訊いた。この村では、子どものことをわらしという。だから、座敷わらしといえば座敷子どもということになるが、座敷子どもだけではなんのことやらわからない。

「さあて、なんといえばいいじゃろうかな」

寅吉じいさんはそういいながら、両手を腰のうしろに当てて体を反《そ》らせた。

「昔からのいい伝えのなかに出てくる男の子のことじゃよ。満月の晩にな、古い家の座敷の大黒柱《だいこくばしら》のあたりから、ひょっこり出てきて、寝ている者をからかって遊ぶという子どものことじゃ」

「……なあんだ、幽霊《ゆうれい》の話か」

と、ぼくは思わず笑ってしまった。

「ところが、そいつは幽霊とはちがうんじゃよ」

と寅吉じいさんはいった。

「……というと？」

「幽霊には、足がないっていうじゃろうが。ところが、座敷わらしには、ちゃんと足があるんじゃからな」

「ねえー、おじいちゃん、見たことあるの？」

「わしは見たことがないが、昔からそういうとるんじゃから」

その座敷わらしは、背丈《せたけ》は五つか六つの子どもぐらいで、紺《こん》ガスリの筒袖《つつそで》の着物を着ているという。筒袖の着物というのは、袖に袂《たもと》のついてない着物のことである。

「その筒袖の着物の裾《すそ》が短くてな、膝小僧《ひざこぞう》がまる出しになっとるそうじゃが、膝小僧があるということは、すなわち、足があるという証拠じゃからのう」

と、寅吉じいさんはいった。

「だけど、その座敷わらしって、人間じゃないんでしょう？」

「人間じゃない。まあ、人間のなりそこないみたいなもんじゃろうな」

「人間のなりそこないって？」

「人間になりたくても、なれなかったやつらの怨霊《おんりょう》じゃよ」

「怨霊？」

「つまり、恨《うら》みを持っているたましいじゃよ」

「へえー、たましいに足があるっていうのは、どういうことかなあ」

「だから、さっきもいうたろう。座敷わらしは幽霊じゃないってことじゃ」

「幽霊じゃなくて、なんだろうね」

「まあ、一種の妖怪《ようかい》じゃな」

ぼくが思わず噴《ふ》きだすと、

「なんじゃ。なにがおかしいんじゃい」

と、寅吉じいさんはいった。

「だって、おじいちゃんは、そんなあやしげな妖怪と友だちになれなんていうんだもの」

「だけど、坊は、友だちはほしいが村の子どもらは相手にしてくれんというて、嘆《なげ》いていたではないかのう」

「それはそのとおりだけど、でも、相手が子どもの妖怪じゃなあ」

「いやなら、よせばいいんじゃ。なにも無理にすすめてるわけじゃないんだから」

「だって、友だちになりたくったって、そんな妖怪が実際にいるわけがないじゃないの、おじいちゃん」

ぼくが笑ってそういうと、

「いや、いないとも限らんよ」

と、寅吉じいさんはいった。

寅吉じいさんの説によれば、神様とか、ほとけ様とか、人間の霊魂とか妖怪とかは、実際に存在すると思えば存在するし、存在しないと思えば存在しない、つまりその人の気持ちしだいで、存在したり、しなかったりするものだということであった。

「それじゃ」と、ぼくはいった。「ぼくが自分で座敷わらしが実際にいると信じれば、座敷わらしはいるってわけね？」

「そうじゃよ」

「じゃ、仮にそう信じるとして、ぼくはいつ、どこへいけば座敷わらしに会えるの？」

「だから、さっきもいうたように、満月の晩に、どっしりとした大黒柱のある古い家にいれば会えるんじゃ。たとえば、ここの家の離れみたいなところにな」

寅吉じいさんがそういうので、ぼくはびっくりした。

「この銀林荘の離れにも、座敷わらしが棲《す》んでるの？」

「棲んでるかどうかわからんが、ともかくあすこの座敷には出るという噂《うわさ》が、昔からあるんじゃ」

その離れというのは、建ててからもう百年以上にもなるという茅葺《かやぶ》き屋根のどっしりとした家で、以前はそこが母屋《おもや》だったそうだが、いまは新館が出来たので離れの客間として使っている。

「ほら、離れに太い大黒柱があって」と、寅吉じいさんはいった。「あの大黒柱をまんなかにして四つの座敷があるじゃろう。そんなふうに、一本の柱を中心にして四つの部屋が出来ているという造りの家に、座敷わらしが出るんじゃよ。嘘《うそ》じゃと思うたら、こんどの満月の晩にひとりで離れに寝てみたらどうじゃな？」

そのとき、ぼくがふと、よし、ほんとうに座敷わらしに会えるかどうか、お母さんに頼んで、こんどの満月の晩に離れの座敷に泊まってみてやろうか、と思ったのは、ただの好奇心だけのせいだったろうか。

もちろん、ぼくだって、人並みの好奇心は持っているつもりである。それに、なにしろぼくは毎日が退屈でならなかったのだ。それで、なにか変わったことをしてみたいという気持ちに絶えずそそのかされていたことは、認めないわけにはいかない。けれども、もしもこれが、ぼくのお父さんのタンカー事故の前だったら、ぼくはこんな座敷わらしの話なんか、おそらく一笑に付してしまっただろうと思う。ぼくは、人間がロケットで月へ降り立つ時代の子である。この世に妖怪なんぞがいると思えという方が、無理なのだ。

ところが、だれもが予想もしなかったあのような事故が起こって以来、正直いってぼくの心の底の方には、人間の生み出した科学をはるかに超越した、科学では解明できない一つの世界、科学の常識では信じられないようなことが容易に起こり得《う》る一つの世界――そんな世界の存在をひそかに信じたくなるような気持ちが芽生《めば》えていたのだ。

つまりぼくは、お父さんのタンカー事故で、容易に信じられることよりも、むしろとても信じられないようなことをこそ、信じなければならないという気持ちになっていたのだ。

ぼくは、寅吉じいさんと別れてから、銀林荘の表玄関へ廻《まわ》って帳場をのぞいてみた。ちょうどうまいぐあいにお母さんがいたので、さりげなく、

「どう？　近ごろお客、こんでる？」

と訊いてみた。

「まず、まああってとこね」

「ちょっとね、お願いがあるんだけど」

ぼくはそういって、こんどの満月の晩に離れに泊めてもらえないだろうかと、頼んでみた。

「離れに？」

お母さんは、けげんそうな顔をして、

「だれと泊まるの？」

「ぼくひとりだよ」

「あなたひとりで？」

お母さんは、目をまるくした。

「いったい、どういう風の吹き廻しなの？　夜はひとりでお手洗いにもいけない人

が」

しーっ、とぼくは、人さし指を唇《くちびる》に立てた。

「そんなこと、大きな声でいうなよ、お母さん」

座敷わらしがどこかで聞いているかもしれないのだ。

「だって、びっくりするじゃないの、いきなりそんなことをいい出すから。いったい、どうしたってわけ」

もし、そのときぼくが、座敷わらしに会いたくて、といったら、お母さんはどんな顔をしただろう。けれども、寅吉じいさんの忠告によれば、座敷わらしに会う前にそれを他人に洩《も》らせば、座敷わらしはもう出てきやしないということだったので、

「どうしたわけって、べつに……ただのキモ試《だめ》しだよ」

と、ぼくはいった。

「キモ試し、ねえ……」

「そうなんだ。分教場の連中ねえ、ぼくがまだお母さんのおっぱい飲んでる、なんていうんだよ。みんなぼくのことを意気地《いくじ》なしだと思ってんだ。だけど、ぼくはほんとうは意気地なしなんかじゃない。それを自分で確かめたいんだ」

「結構なことだわ」

お母さんは笑っていた。

「あなたが意気地なしでなくなってくれるんだったら、何日だって離れのお部屋をとってあげるわ」

お母さんは、ぼくに、だまされた。

満月の夜がやってきた

やがて、その日がやってきた。

ぼくは、分教場から帰ってくると、すぐ、銀林荘へ出かけていった。寅吉じいさんに会って、座敷わらしの出る晩がまちがいなく今夜だということを、確かめておきたかったからである。ところが、銀林荘へいってみると、寅吉じいさんの姿が見えない。薪小屋《たきぎごや》にも、温泉の焚《た》き口《ぐち》にも、調理場の囲炉裏《いろり》ばたにも、寝部屋にもいない。

もう、西に傾いた陽《ひ》が裏山の頂《いただき》に触れそうな時刻で、地上には、初夏とはいってもまだまだうすら寒い北国の夕風が流れはじめていた。寅吉じいさんは年寄りだから、こんな時刻に外で昼寝をしていたら風邪《かぜ》をひいてしまう。それでも、念のために例の朽《く》ちかけた水車小屋のかげものぞいてみたが、やっぱりそこにもいなかった。

いったい、寅吉じいさんはどこへいってしまったのだろう。首をかしげながら水車小屋の小道を戻《もど》りかけて、さては、と、ぼくは気がついた。じいさんは、きっと、隠れたんだ。ぼくに会いたくないから、どこかぼくの知らないところに隠れてしまったんだ。

どうしてぼくに会いたくないのかといえば、それは、ぼくに嘘《うそ》をついていたからだ。満月の夜に座敷わらしが出るなんて、やっぱり嘘っぱちだったんだ。

そう考えて、ぼくはひどくがっかりした。どうやらぼくは、自分で意識していた以上に、座敷わらしに会えることで胸をふくらませていたようだ。ばかばかしいったら、ありゃしない。ぼくは、座敷わらしをほとんど信じかけていた自分に腹が立ってきた。ぼくはぷりぷりしながら、いつのまにか銀林荘のリンゴ畑の脇道《わきみち》にさしかかっていた。

いまは、ちょうどリンゴの花ざかりで、枝という枝にぎっしりと咲いた白い花の霞《かすみ》に、夕日の色がにじんでいる。その花の霞のなかから、ふいに、ぽきっと、枝の折れる音がきこえて、ぼくはとっさに、寅吉じいさんではないかと思った。リンゴ畑の世話もまた、寅吉じいさんがたまにする仕事の一つだったからである。

「そこにいるのは、寅吉じいさんなの？」

ぼくは立ち止まって、声をかけた。すると、ちょっと間《ま》をおいてから、

「ああ、ユタちゃんですね？」

という女の声が返ってきた。

それは、銀林荘の女中頭《がしら》の、おたねさんの声だった。ぼくの名前は、勇太だが、どうしてなのか、おたねさんに限らず村人たちはだれも正しく勇太と呼んでくれない。みんなウを抜いてユタと呼ぶのだ。

ぼくはまたがっかりして、ぶらぶら歩いていくと、木戸のところで花のなかから出てきたおたねさんといっしょになった。おたねさんは、手に、花をどっさりつけた小枝を二、三本持っていた。

「リンゴの枝を折ったりなんかしたら、いけませんよ」

ぼくは、ぶすっとして、注意してやった。

「あら、そうね。ごめんなさい」

おたねさんは、夕日に金歯をひからせて、ちょっと首をすくめてみせた。

「じつは今夜、東京からお客さんがくるんですよ。それで、お部屋に、リンゴの花を飾ってあげようと思いましてね」

東京という言葉を聞くと、懐《なつ》かしさで、ぼくの目はあっけなく曇ってしまった。けれども、それと同時に、そんなにも懐かしい東京を遠く離れて、こんないなかでしょんぼりしている自分が急になさけなくなり、ぼくはますます胸がむしゃくしゃしてきた。ぼくは、思わず、ちえっと舌《した》うちが出た。

「もの好きな人もいるもんだな、東京からこんないなかまでのこのこ出かけてくるなんて」

「そりゃあ、世の中には、いろんな人がいますよ」と、おたねさんはいった。「今夜のお客さんもね、女子学生の人が三人だけど、化石のことを調べにくるんですって」

「化石を？　女なのに」

と、ぼくはいった。この湯ノ花村は、温泉よりも谷間からカメ、エビ、カニ、それに貝などの、海のものの化石が出ることで名を知られている。

「そう。女なのに」と、おたねさんはいった。「どんなことを調べるのか知らないけど、ついこのあいだまでは、化石捜《さが》しなんて男の仕事だったのにねえ。近ごろは、女で化石の研究をしている人たちがいるんですってね。ユタちゃんなんかも、しっかりしないと、女の子に負けちゃいますよ」

「負けるもんか、女の子なんかに」

ぼくはいった。

「それはそうと、どこへいってきたんです?」

「水車小屋」

ぶっきら棒にそう答えると、おたねさんは横目でぼくの顔をみて、にやりとした。

「とかなんとかいって、ほんとうはお母さんに会いにきたんでしょう。お母さんなら帳場にいますよ」

「ち、ちがうよ。ぼく、そんな……。ぼくは幼稚園の子どもじゃないんだ」

一人っ子だと思って、ばかにしている、と、ぼくは思った。

「じゃ、水車小屋へなにしにいったんです?」

「寅吉じいさんを捜しにいったんだよ、どこにもいないから」

「じいさんに、なにか急用でもあるんですか?」

「……そう急ぐわけでもないけど、夜になるまでに確かめておきたいことがあるんだ」

そんなぼくのいい方が、変に大人っぽくきこえたのか、おたねさんはおかしそうに、くすっと笑った。

「なんですか、その確かめておきたいことってのは」

「なんでもいいじゃないか。女のひとには関係ないことさ」

「へえー、さようですか」

おたねさんは、歩きながらちょっと首をかしげて考えていたが、やがて、

「じいさん、ひょっとすると、ヒョウタンかもしれないわ」

と、独り言のようにつぶやいた。

「ヒョウタン?」

「ほら、ポストの隣に、おでんでお酒を飲ませる店があるでしょう? あそこへ、ガソリンを入れにいってるんじゃないかしら」

「ガソリンって、なにに?」

「ここに」

といって、おたねさんは自分の帯の前を叩《たた》いてみせた。

「車はガソリンが切れると動けなくなるみたいに、じいさんもお酒が切れるとね」

ぼくは、おたねさんの言葉がまだ終わらないうちに、ヒョウタン屋をめざして駈《か》け出していた。

白く乾《かわ》いた村道を、フルスピードで駈け通して、ヒョウタン屋へいってみると、おたねさんの推察どおり、ほの暗い店のすみっこのテーブルで、寅吉じいさんが、赤い鼻先を油でも塗《ぬ》ったみたいにてかてか光らせながら、コップで酒らしいものを飲んでいた。

ぼくは、居酒屋《いざかや》という店は初めてで、なんだかはいりにくくて、入り口に垂《た》れさがっているなわのれんの下にしゃがんだまま、店のなかの寅吉じいさんにこういった。

「み、つ、け、た、ぞ、おじいちゃん。うまく隠れようったって、そうはいかないよ」

寅吉じいさんは、よほどびっくりしたらしく、ちょうど飲もうとして口を近づけていたコップの酒を、ひどくこぼしてしまった。

「おっとっとっと……」

と、寅吉じいさんは、まずコップの波を鎮《しず》めてから、それを大事そうにテーブルの上に置いた。

「なんじゃい、坊《ぼう》じゃないかい。わしはまた、ばかでかいガマでも出てきたんかと思うた」

「ガマ？　ガマとは、失敬だなあ」

ぼくは立ち上がりながら、抗議した。

「だって、ガマだと思うじゃないかい、そんな軒下なんかに、べったりうずくまっているんじゃからに」

寅吉じいさんはそういいながら、手にこぼれた酒を、自分の禿《は》げた頭になすりつけた。じいさんは、いつだって酒をこぼすと、そうするが、酒が毛生《けは》え薬のかわりになるとでも思っているのだろうか。

「男はな」と、じいさんはいった。「そんなところにうずくまって、よその家のなかをのぞきこんだりするもんじゃない。二本足でちゃんと立って、ごめん、といって、堂々と案内を乞《こ》うもんじゃ。用があったら、はいっておいで」

「……子どもがはいって、いいの？」

「ああ、いいとも。ここは村の食堂なんじゃからな」

ぼくは、いわれた通り、「ごめん」といってはいっていったが、じいさんの顔や言葉つきに、いつもとちがったところがちっともみえないので、どうもようすが変だぞ、と思った。隠れているところをみつかったのだから、もっとあわててもよさそうなものなのに、じいさんは最初に酒をこぼしたきりで、あとはいつものように悠然《ゆうぜん》としている。

けれども、大人にはとても図々《ずうずう》しいところがあって、平気なふりをするのがうまいから、油断がならない。ぼくは、だまされないぞ、と警戒しながら、

「卑怯《ひきょう》だよ、おじいちゃん、こんなところに隠れてるなんて」

といった。

「卑怯？　それに、隠れてるだと？」

寅吉じいさんは、ふだんは皺《しわ》のなかに埋《う》もれている目を、急に大きくしてそういった。

「そうだよ。嘘なら嘘だと、正直に白状すればいいのにさ。なんにもいわずに、隠れてるなんて、卑怯じゃないか」

寅吉じいさんは、目をぱちくりさせながら首を振った。

「……なんのことやら、さっぱりわからん」

「とぼけたって、駄目《だめ》だよ」

その手には乗らないぞ、と、ぼくは思った。寅吉じいさんは、ちょっとのあいだぼくの顔をみつめていたが、やがて、わかった、というふうにうなずいた。

「そうか、そうか。すっかり忘れとった。あの話じゃな？　そういえば、今夜は十五夜の晩じゃのう」

ぼくはまだ警戒して、なにもいわずに、じいさんの顔をにらんでいた。

「あの話は、嘘かって？」と、じいさんはいった。「だから、前にもいうたろう、嘘かほんとか、それは坊が自分で確かめるのが一番いいとな。わしがなにをいうても、坊がそれを信じなんだら、どうにもなりゃせんからのう」

寅吉じいさんはそういって、コップの酒をうまそうに飲んだ。

「ただし、座敷わらしが坊を好いてくれるかどうか、そいつあ、わしにもわからんよ。わしら人間にも好き嫌《きら》いがあるように、座敷わらしにだってウマが合うやつと、合わんやつがあるじゃろうからな。なんもかも、坊しだいじゃよ」

「それはわかったけど……」と、ぼくはいった。「そんなことなら、なにもこんなところに隠れてなくてもよかったのに」

「わしはなにも、隠れたりはせんよ。ただ、喉《のど》が渇《かわ》いたから、こいつを飲みにきただけじゃ」

じいさんは、酒のコップを持ち上げてみせて、ついでに残りを飲み干した。

「ところで、坊は晩めしは食うたかな？」

「ううん、まだだよ」と、ぼくは答えた。「だって、学校から帰ってから、ずっとおじいちゃんを捜してたんだもの」

「そりゃあ、気の毒なことをしたな。それじゃ、そろそろ家へ帰って食べておいで。ただし、腹いっぱいに食うたらいかん。腹がくちくなって、ぐっすり眠りこけてたら、せっかく座敷わらしが出て来ても目がさめんじゃろう。めしは腹八分目。これを忘れたらいかんぞ」

晩ごはんのことを思いだすと、急に、それまで気がつかなかった店のなかのにおい——醬油《しょうゆ》でなにかを煮《に》しめているにおいが、ぼくのからっぽのはらわたに沁《し》みてきた。ぼくの腹は、ぐうと鳴った。

東京にいるころは、すこしぐらい空腹だと思っても、腹が鳴ることなどほとんどなかったのに、この村で暮らすようになってから、澄んだ空気を吸うせいか、それとも例の眠り薬のおかげでよく眠るせいか、空腹になると、みっともないほどに腹がぐうぐう鳴るのである。

振り返ってみると、なわのれんのむこうには、いつのまにか紫色《むらさきいろ》の夕闇《ゆうやみ》がたちこめている。

「じゃ、ぼく、帰る。おじいちゃんは？」

「わしか。そうだな。わしもそろそろ帰るとしようか。あんまり油を売ってると、おたねさんにまた小言《こごと》を食らうからな」

寅吉じいさんは、みこしを上げると、店の奥に声をかけて、出てきたおかみさんに勘定《かんじょう》を払った。

「おや、妙子《たえこ》さんとこの坊やだね？」

おかみさんは、ぼくをみるとそういった。妙子さんというのは、ぼくのお母さんのことだ。それで、ぼくは帽子を脱いでおじぎをしたが、食堂にはいって、なんにも注文しないで帰ってしまうのは悪いと思って、

「ぼく、おじいちゃんを捜してたんです。そしたら、ここにいたもんですから」

と弁解した。

「そうかい。それはよかったねえ」

おかみさんは、べつにいやな顔もしないで、うなずくと、ぼくの顔をつくづくと眺《なが》めて、

「そういえば、目のあたりが妙子さんに似てるかなあ。でも、東京育ちは色が白いんで、すぐわかったよ」

といった。

ぼくは、がっかりした。初めて会った居酒屋のおかみさんに、ひと目でぼくのことがわかったのは、ぼくもやっと村の子どもの一人として認められてきた証拠だと思っていたのに、これでは逆に、自分が相変わらずよそ者だと思われている証拠にしかならない。

「なあに、そのうちに坊も黒うなるさ」

寅吉じいさんは、ぼくの背中にてのひらを当てて、そういった。

「一年もすれば、きっと村の子どもたちと見分けがつかなくなるじゃろうよ」

じいさんといっしょに、ヒョウタン屋を出たとたん、ぼくはびっくりして、思わず立ち止まりそうになった。

まんまるで、赤くにごって、信じられないほどに大きな月が、道の行く手の、火の見櫓《やぐら》の横のところに、のっと出ている。

あれが月なのか？　本物の満月なのか？　ぼくは一瞬、そう疑《うたぐ》った。けれども、ここは学芸会の舞台ではない。自分の目がどうかしちゃったんじゃないかと思ったが、そんなこともない。

ぼくは、こんなに赤くて、大きな月をみるのは初めてだった。東京の家の、ぼくの部屋の窓からみえた満月は、いつも高圧線の高い鉄塔《てっとう》の途中に、使い古したゴルフボールみたいに引っかかっていた。そうして、窓を開《あ》けてその月を眺めていると、きっと遠くから救急車のサイレンがきこえてきたものであった。

東京の月をゴルフボールだとすれば、この村の月は、まるでよく熟した夏ミカンだと、ぼくは思った。みずみずしくて、てのひらにずっしりと重たい夏ミカンのようだ。じっさい、その月の重みで、箸《はし》を二本立てたような旧式の火の見櫓が、いまにも傾きそうに頼りなくみえ、そのてっぺんにぶらさがっている半鐘《はんしょう》は、たった一つだけ咲き残ったスズランの花のように、ちっぽけにみえた。そうして、ここではいくら耳を澄ましたところで、救急車のサイレンなんかきこえやしない。きこえるのは、遠い谷川の響きと、蛙《かえる》の合唱だけである。

ぼくは、東京の満月しかみたことがなかったから、満月の夜に、といわれても、なにほどのことがあろうと思っていたが、この月をみて、自分の考えを改めないわけにはいかなかった。

いかにも、なにかが起こりそうな晩じゃないか！

ぼくは、いつのまにか寅吉じいさんの腰のタオルを、しっかりと握《にぎ》りしめている自分に気がついた。だから、体がぶるっと震《ふる》えたとき、ぼくはてっきり、それがじいさんにも伝わったと思って、こういった。

「いまのは、こわくて震えたんじゃないよ。武者《むしゃ》ぶるいなんだ。……誤解されるのは、いやだからね」

晩ごはんを済《す》ませ、明日の時間割をそろえて、ぼくは八時半に、パジャマだけ持って家を出た。

さっきより幾分ちいさく、ひきしまった満月は、もう仰ぐような高みにまで昇《のぼ》って、めっきり白い輝きを増していた。

銀林荘へいってみると、お母さんはもう帰り仕度《じたく》をして、ロビーでおたねさんと

テレビを見ていたが、ぼくを見ると、びっくりしたように目をまるくして、

「あら、きたの？」

といった。なにもびっくりすることなんかないのに。

「ああ、きたよ。だって、約束だろう？」

お母さんは、呆《あき》れたようにおたねさんと顔を見合わせた。

「お母さん、もう帰ってよ」

ぼくはいった。

「……いいの？」

「いいのって、もう帰るとこだったんだろう？」

「そうよ」

「じゃ、早く帰って」

「……帰るわよ。なにもそう追い立てるみたいにいわなくったっていいじゃない？」

追い立てるわけではなかったが、お母さんの顔をみていると、せっかくの決心がにぶってしまいそうで、ぼくは心配だったのだ。

お母さんは、仕方なさそうに笑いながら、おたねさんにいった。

「このとおりなの。お願いしますね」

「はい、承知しました。どうぞ御心配なく」

二人とも、よけいなお世話だ、と、ぼくは思った。ここは託児所《たくじしょ》じゃないんだぞ。

「じゃ、しっかりね」と、お母さんはロビーを出ていくとき、ぼくにいった。「夜中に逃げて帰ってきたって、戸を開けてなんかあげないわよ。いい？」

こんなことに答える必要があるだろうか。ぼくはそっぽを向いて、黙っていた。玄関から、下駄《げた》の音が小走りに遠ざかっていく。なにをそんなに急ぐのだろう。お母さんはまるで逃げるように帰っていく。明るい月夜だと思って油断してると、いまに石につまずいて、転んじゃうぞ、と、ぼくは思った。

暗闇《くらやみ》からの訪問者

　ぼくは、おたねさんの案内で、渡り廊下《ろうか》を渡って、離れへいった。ぼくが泊まるのは、左手の奥の、裏山に面した「深山《みやま》」という昼でもほの暗い十畳の座敷だった。その十畳間のまんなかに、ぽつんと寝床が一つ作ってある。

「むこうの部屋に、お客がいるんですよ。ほかの部屋ですと、襖《ふすま》のむこうにお客がいることになりますからね。それじゃ、キモ試しにはならないでしょう？」

　おたねさんはそういったが、おなじ離れの別の座敷に――つまり、大黒柱《だいこくばしら》を挟《はさ》んで角を向かい合わせているむこうの座敷に、お客がいるというのは、迷惑《めいわく》だった。こんなときでもなければ、むしろ心強いと思うべきだが、今夜は困る。座敷わらしは、ぼくのことは気に入ってくれても、そのお客のことが気に入らなければ、出てこないかもしれないからだ。

「むこうの座敷のお客って、どんな人たち？」

おたねさんが部屋を出ていく前に、ぼくはたずねた。

「ほら、夕方話した女子学生の人たちですよ、化石の研究にきたっていう……」

「じゃ、三人？」

「そうです。でも、おとなしい人たちですよ」

大黒柱のむこうへ耳を澄ましてみると、なるほどひっそりとして、物音一つきこえない。離れ全体が、しんと静まり返っている。

「じゃ、おやすみなさい」と、おたねさんはいった。「なにかあったら……女中部屋にいますからね」

どんなことがあったって、女中部屋なんかへ逃げていったりするもんか、と、ぼくはいいたかったが、そうはいわずに、ただ、おやすみなさい、とだけいった。

おたねさんが母屋《おもや》へ引き揚げてしまうと、ぼくはパジャマに着替えて、布団《ふとん》にもぐりこんだ。それから、掛け布団の襟《えり》の下から、そろそろと頭と目を出して、どこかに座敷わらしが出てくるような穴でもないかと、部屋のなかを見廻《みまわ》した。けれども、天井にも、壁にも、床の間《とこのま》にも、襖にも、障子《しょうじ》にも、もちろん畳《たたみ》にも、それらしい穴は見当たらなかった。

いったい、座敷わらしはどこから出てくるつもりだろう。

ともかく、寅吉じいさんのいいつけどおり、枕《まくら》もとの電気スタンドを消すと、とたんに座敷のなかは月のない晩の暗闇に満たされた。だれかに鼻をつままれてもわかりゃしない、それこそ墨汁《ぼくじゅう》の暗闇である。

もちろん、縁側の雨戸は閉《し》めてあるのだが、外はあんなに明るい月夜なのだから、ひと筋《すじ》ぐらいは雨戸の隙間《すきま》から忍びこんできた月の光が、障子を明るませていてもおかしくはないのに、それがまったく見当たらない。

この離れは、建ててからもう百年にもなるというのに、建物にちょっとの狂いも出ない。昔の大工はじつにりっぱな仕事をしたものだと、いつか寅吉じいさんが感心して話していたが、まったくそのとおりだ。

耳鳴りがするほど静かであった。自分の胸の鼓動《こどう》がきこえる。正直いって、ぼくはこわかった。体がかすかに震《ふる》えてくるので、ぼくは自分で自分の胸を固く抱いた。

それでも、こうしてせっかく会いにきたのだから、やはり座敷わらしには出てきてもらいたかった。たとえ、その瞬間に気を失ってしまったとしても、あとで分教場の仲間たちに、ぼくは座敷わらしに会ってきたぞと叫んでやるのだ。みんなはびつくりするにちがいない。そうして、もうだれもぼくのことをモヤシなどとは呼ばなくなるだろう。

ふと、座敷わらしが、女のにおいが嫌《きら》いなら困るな、と思った。どうも今夜の離れは厭《いや》なにおいがするな――そういって、出るのをやめてしまうかもしれない。けれども、逆に、女のにおいが好きでも困る。おらはこっちの方がええわい、などと、むこうのお客の座敷だけ訪問して、引き揚げてしまうかもわからない……。

渡り廊下の方で、話し声がしている。だれかが離れへやってくるらしい。若い女の人たちのようだ。縁側にスリッパの足音が乱れて、大黒柱のむこうの座敷の障子が開いた。すると、女子学生の客たちだろうか。

どうも、そうらしい。明るい笑い声がきこえている。なあんだ。静かだから、もう寝ているのかと思っていたら、留守《るす》だったのだ。温泉にでもはいりにいっていたのだろうか。やれやれ、と、ぼくは、それでも内心ほっとしながら思った。これでまた、彼女たちが寝静まるまで、座敷わらしとの会見はお預《あず》けというわけだ。

ところが、しばらくすると、彼女たちの部屋の方からギターの音がきこえてきた。つづいて、フォークソングのコーラスがきこえてきた。ちえっ、と、ぼくは、暗闇のなかで顔をしかめた。へんなものがはじまったものだ。ギターやフォークソングは、どう考えても、座敷わらしには似つかわしくない。座敷わらしは、子どもだといっても、妖怪《ようかい》の一種にはちがいないのだ。昔の幽霊や妖怪どもは、山のお寺の鐘の音《ね》や、なまぐさい風や、ドロドロドロという太鼓《たいこ》の音に乗って出てきたという。もちろん、そんなのはもう、古くさい。けれども、いくら現代だからといって、まさか妖怪が、フォークソングに浮かれて出てくるとは、どうしても思えない。ギターなんか抱《かか》えて化石の調査にやってくる、へんてこりんなフィーリングの女子学生どもめ！　と、ぼくは、寝床のなかで足をじたばたさせながら、そう思った。これで、なにもかもぶちこわしだ。もう座敷わらしなんか出てきやしない。ちきしょう！　なんてことだ。

ぼくは、腹を立てて、布団を頭からひっかぶった。そのままじっとしていると、だんだん瞼《まぶた》が重たくなってくる。いけない、眠っちゃいけない。ぼくは、垂《た》れさがってくる瞼を何度も見開いたが、そのたびに、瞼がますます重たくなってくる。考えてみると、ぼくはきょう、昼寝を全然しなかった。いつもなら日が暮れるまでに、たっぷり二時間はする昼寝を、きょうは寅吉じいさんを捜《さが》して歩いていて、うとうともしなかったのだ。

そうでなくても、眠くなるのは当然なのに、悪いことには、やわらかなフォークソングのコーラスが、ぼくにはちょうど子守唄《こもりうた》のようだった。ちきしょう。ぼくはもう、知らないぞ。きみたちのせいだ、きみたちのせいだぞ。ぼくは、ちょうど閉店時間を迎えた銀行の玄関の自動シャッターのように、どうしようもない重たさで垂れさがってくる瞼を支《ささ》えようとしながら、心のなかでそう叫んだ。

けれども、瞼はとうとう閉じられてしまった。ぼくは、急に頭のうしろが重たくなり、その重たさに負けて、ぼくの体はゆっくりと宙返りをうち、そのまま頭を下に、さかさまになって、深い眠りの海に沈んでいった。

……ぼくは、どのくらい眠っていただろうか。

だれかに肩を小突かれて、ぼくは目をさました。部屋のなかは相変わらず墨汁の闇で、むこうの部屋の客たちもとっくに眠ってしまったのだろう、あたりはしんと静まり返っている。もう真夜中らしいが、何時なのかさっぱりわからない。

ぼくは、枕の上で頭を廻して、右と左の闇をのぞきこんでみた。なにもみえなかった。なにもきこえなかった。だれか怪しい者がいる気配もなかった。へんだな、と、ぼくは思った。確かにいま、だれかに肩を小突かれたと思ったのだが……。夢だったのだろうか。

ぼくはまた目をつむった。ぼくが目をつむったというより、瞼の方で、もうひと眠りしようよと垂れさがってきたのだ。もちろん、ぼくは眠ることには賛成だった。眠くて眠くて、もう座敷わらしなんかどうでもいいような気持ちになっていたのだ。それでぼくは、大きな息を一つして、眠ろうとした。

すると、鼻先に、ぷんと厭《いや》なにおいが、におってきた。ぼくはまた目を開けてみた。なにもみえない。けれども、確かにぷんと厭なにおいがしたのだ。いったい、なんのにおいだろう？　このにおい、前にもどこかで嗅《か》いだことがあるような気がするが……？

もし、ここが離れの座敷でなかったら、ぼくはすぐ、指で鼻をつまんだだろう。だれだって、こんな厭なにおいをいつまでも嗅いでいたくない。でも、ここは離れの座敷のなかだ。しかも、さっき眠りに落ちる前までは、こんな厭なにおいなんかしなかったのだ。

ぼくは、それがいったいなんのにおいなのかを知るために、不愉快なのを我慢して、顔のまわりをくんくん嗅いでみた。そうして、それが赤ん坊のオムツのにおいに大変よく似ていることに気がついた。いつも小夜子《さよこ》の背中の弟からにおってくる、あのにおいに似ている。

でも、おかしいな、ここは分教場の教室でもなければ、そばに赤ん坊をおんぶした小夜子がいるわけでもないのに——そう思い、これは怪しいぞと思った瞬間、ぼくは、こんどははっきり、なにかやわらかい棒のようなもので、右の肩を小突かれた。

みると、そこに、白くてちいさな、人間の足がある。

あたりはなにもみえない墨汁の闇なのに、どうしてその足だけが白く浮かんでみえるか、まったくふしぎなことだったが、まちがいなくそれは人間の足だった。足だけではなく、ほっそりした脛《すね》もみえる。脛には、前の方にだけ、ごわごわした感じの毛が生えている。

いやにほっそりしているけれども、まるで大人の脛みたいな——そう思って、すぐ、ああ、これはお父さんの足だと、ぼくは思った。けれども、ぼくのお父さんはもうこの世にはいないのである。とすると、これはきっと夢なのだ。ぼくはお父さんの夢をみているのだ。そう思って、ぼくは急いで自分の頬《ほっ》ぺたをつねってみた。ところが、その足は、いっこうに消えてなくならない。

夢ではないとすると、お父さんの幽霊が出てきたのか？　ぼくは、お父さんの幽霊なら、こわくはないと思ったが、なにしろ幽霊をみるのは初めてだから、おそるおそる、そのほっそりした毛脛をたどって、上の方を見上げていった。

すると、膝《ひざ》から上は、黒いところにたくさんの白い点々が散らばっている布に覆《おお》われていた。それは、紺《こん》ガスリの着物であった。その着物を、もっと上の方へたどっていくと、胴のところに、帯というにはあまりにも細い、白っぽい紐《ひも》が締《し》めてあった。そこから上の、胸の部分は、内側からぽっくりふくらんでいて、それはどうやら、和服を着た大人たちがよくやるように、袖《そで》から腕を抜いて、ふところ手というやつをしているためらしい。その証拠には、着物の袖が両方とも、肩のところからだらりと垂れさがっている上に、襟《えり》の合わせ目のところから、ちいさな手が片方のぞいて、それが顎《あご》ヒゲをゆっくり撫《な》でているのである。

けれども、顔をみて、ぼくはがっかりした。ぼくのお父さんとは、似ても似つかない顔だったからだ。顎ヒゲなんか生やしているのに、なんて子どもっぽい顔をしてるんだろう。かわいらしいとしかいいようのない、赤くてぽってりとした唇《くちびる》。上向きかげんの、まるっこい鼻。ぺちゃんこの鼻筋。くりくりとよく動く目。ただ、眉《まゆ》だけは濃く、太く、おじいさんのように毛足が長くて、まるで黒い歯ブラシをそこにくっつけたみたいだ。そうして、頭は、床屋《とこや》へいくお金もないヒッピーみたいに、髪をもじゃもじゃに伸ばしている。

そんな、なんとも珍妙な人間が、ぼくの枕もとにのっそり立って、ふところから手を出して顎ヒゲなど撫でながら、片足でぼくの肩を小突いているのだ。

いったい、こいつは何物だろう？　いつのまに、どこからはいってきたのだろう？

なによりも、なにもみえない墨汁の闇のなかで、そいつの姿かたちだけがくっきりみえるのはふしぎだったが、ふしぎといえば、ぼく自身、そんな怪しいやつが自分の枕もとに立っているというのに、ちっともこわさを感じないのもふしぎであった。

ぼくは、まるでこわいもの知らずの豪傑《ごうけつ》みたいに、ゆうゆうとしていた。ゆうゆうとしているばかりではなく、その怪しい男のちいさな足が二度目に肩を小突いたとき、ぼくは大胆《だいたん》にも、すばやく男の脛の毛を何本か指でつまんで、引っ張った。

男は、びっくりして足を引っこめた。

「よせ、くすぐってえ」

男は、かすれた太い声で、そういった。

ぼくは、寝床の上に起き上がった。寝床の上に――といっても、シーツや布団が体に触れているから、ぼくにはそうとわかるだけで、それらが目にみえているわけではない。なにしろ、あたりは墨汁の闇である。だから、その怪しい男もまた、闇のなかにふわふわ浮かんでいるようにみえた。寝ているうちはわからなかったが、起き上がってみると、相手は案外な小男だ。

「だって、失敬じゃないか。寝ているぼくの肩を、足で突っつくなんて」

またしても大胆に、ぼくはいった。

すると、小男は、ふいに口を大きく開けた。アクビをするのかと思ったら、そうではない。声を出さずに、笑っているのだ。笑うと、顔全体が、おじいさんみたいに皺《しわ》くちゃになる。

「やっぱり、おれが思ってたとおりだ。おめえの心の底には、本物の勇気がある。

それは、おめえのオドから受けついだ勇気だ。だけど、おめえはまだそれに気がついていねえ。おめえは自分で自分を意気地なしだと思っているし、人もおめえを、情けねえモヤシだと思っている」

小男は笑い終わると、思いがけなくおごそかな口調で、そういった。その言葉がほんとうなら嬉《うれ》しいのだが、それよりも、ぼくは、小男がぼくのことをなんでも知っているらしいことに驚いていた。オドというのは、この村では父親のことだ。

「きみはいったい、だれなんだ？」

ぼくはまず、そうたずねた。

「おれか。人は座敷わらしと呼んでいる」

ぼくは、思わず、立ち上がった。けれども、逃げようとしたのではない。ぼくは、小男が座敷わらしだとわかっても、ちっともこわいとは思わなかった。ぼくは、座敷わらしに会いたくて、ここへきたのだ。その願いが叶《かな》ったと思うと、とても坐《すわ》ってなんかいられなかった。

立ってみると、座敷わらしはずいぶんちいさかった。なるほど五つか六つの子どもみたいだ。

「きみが座敷わらしか。よかった。もう会えないかと思ってた」

ぼくがそういうと、座敷わらしは、にやりと笑った。

「せっかく会いにきてくれたのに、顔もみせずに帰しては悪いからな。とにかく、ここじゃゆっくり話もできねえ。それに、今夜はどうもオシロイのにおいがして、いけねえ。おれは、オシロイのにおいは好かんのだ」

ぼくには、オシロイのにおいなんかしなくて、濡《ぬ》れたオムツのにおいがするだけだったが、座敷わらしとぼくたちの嗅覚《きゅうかく》には、当然ちがいがあるのだろう。

ぼくは、いまはもう知っていた——濡れたオムツのにおいは、ほかでもない、座敷わらし自身の着物の下からにおっているのだということを。けれども、そのことについては、ぼくはなにもいわなかった、座敷わらしの名誉《めいよ》のために。

「じゃ、どっかへいくのかい？　こんな夜中に？」

と、ぼくはいった。

「夜中だって、明るいところがないわけじゃねえさ。とにかく、おれのあとについてきな」

「ちょ、ちょっと待ってくれよ。いま大急ぎで着替えるから、待っててくれよ」

「着替える？　そのまんまで、いいじゃねえか」

「だって、外へ出るんだろう？　このままじゃ、やっぱりまずいや」

ぼくはパジャマのままである。このままで外を歩いているところを、村のだれかに見られでもしたら、たちまちユタは夢遊病者《むゆうびょうしゃ》だという評判が立つだろう。そう思って着替えようとしたが、脱いだシャツやズボンがどこにあるのか、暗くてみえない。それで、

「ちょっと、スタンドを点《つ》けてもいいかい？」

と訊《き》くと、

「おっと、明かりを点けるんなら、おれは消えるぜ」

と座敷わらしはいった。それから、ちいさく舌《した》うちした。

「そこが、おめえの悪いとこよ。スタイルばっかり気にしちゃってさ。なりなんか、どうだっていいじゃねえか。出かけるったって、そんなに遠くへいくわけじゃねえ。そのまんまで結構だよ」

ここで座敷わらしに消えてしまわれたら、元も子もない。ぼくは、パジャマのままで出かける決心をした。

「わかった。このままでいくよ。さて、どこへいく？」

座敷わらしは、返事もせずに、ぼくの体をじろじろ眺め廻していたが、やがて首をすくめて、ぐすっと笑った。

「それにしても、妙《みょう》なものを着ておるな。東京の子どもたちは、だれでもそんなものを着て寝るのかね」

「そうだよ。これ、パジャマっていうんだ」

「パジャマか。ふん。そんなものを着て、しゃれたつもりか知らんがよ、おれにいわせりゃ、まるでサーカスのピエロだね」

こいつ、山深い村の座敷わらしにしては、わりかし物を知っている。

「まあ、いいだろう」と座敷わらしはうなずいた。「衣装で人を評価しちゃ、いけねえわけだ。そろそろ出かけようぜ」

「待ってくれよ」と、ぼくはいった。「足もとが暗くて、歩けやしない」

「そうか。じゃ、おれの帯につかまんなよ。といっても、おめえの方はノッポだからな。肩ならどうだ？」

ぼくは、座敷わらしの肩に手をのせてみた。ふっくらとした、暖かい肩だ。

「ここなら大丈夫。ちょうどいい高さだ」

「ぎゅっと力を入れてつかむなよ。こう見えても、おれの体は、ちょいときゃしゃに出来てるからな」

座敷わらしは、歩き出した。ぼくは彼の肩に手をのせたまま、いっしょに歩き出したが、足の裏の感じで、寝床を、足の方から頭の方へ、ななめに横切ったことがわかった。ということは、ぼくの見当では、座敷の奥の方へ、ちょうど大黒柱の方へ、ぼくたちは歩いているのだ。

「ちょっと、きみ」と、ぼくは彼の肩を軽く叩《たた》いて、注意してやった。「障子《しょうじ》はそっちじゃないんだよ」

「心配するな、自分は何にも見えないくせに」

座敷わらしは、自信たっぷりにそういったが、やっぱり、すぐに立ち止まってしまった。大黒柱に突き当たったのだ。それみろ、と、ぼくはいってやりたかったが、そのとき、彼がふいに大声を挙《あ》げたので、びっくりして口をつぐんでしまった。

「ワダワダ、アゲロジャ、ガガイ……」

座敷わらしは、そういう呪文《じゅもん》のような言葉を、大きな声で、ゆっくりと三度繰《く》り返したのである。もっとも、最初と二度目は、なにをいっているのかわからなかったが、三度目に、どうやらやっと聞き取れた。けれども、言葉を聞き取れたところで、ワダワダ、アゲロジャ、ガガイ――なんのことやら、さっぱり意味がわからない。

それはともかく、その呪文をとなえる彼の声が、あまりにも大きかったので、ぼくは、むこうの部屋の客たちが目をさましやしないかと、はらはらした。ぼくは、また彼の肩を軽く叩いてやった。

「なんだ？」

「声がちっと大きすぎやしないか？」

「うるせえなあ、いちいち。心配することねえって。おれの声はな、おめえ以外の人間にはきこえやしねえんだから」

ふしぎなことをいうと思ったが、いまは彼の言葉をそのまま信用するほかはない。

彼が三度目の呪文をとなえ終わると、もっとふしぎなことが起こった。ギイ、ギイーッと、古びたドアが開くときのような音がしたかと思うと、目の前の闇《やみ》に、ぽっかり四角な穴があいたのだ。

柱のなかのエレベーター

　ふつう、穴といえば暗いものときまっているが、これは暗闇《くらやみ》のなかにあいた穴だから、普通の場合とちょうど逆で、穴のなかには青白い光が満ちていた。高さが一メートルぐらい、幅が五十センチぐらいの、くぐり戸みたいな穴である。

「時に、おめえ、縄梯子《なわばしご》は登れるか？」

　座敷わらしがぼくにたずねた。ぼくは、（もちろんさ。縄梯子ぐらい登れなくって、どうする）と答えられないのが、くやしかった。

「どうせ、そんなことだろうと思ってたよ。エレベーターを用意しといて、よかったぜ。だけど、村の子どもになったからには、縄梯子ぐらいは登れなくっちゃな」

　彼はそういうと、青白い穴のなかにひらりと身を躍《おど》らせた。やはり、その穴は闇の外へ出るくぐり戸らしい。

「こっちへきなよ。頭をぶっつけないように気をつけろ」

ぼくは、頭を十分低くしたつもりだったが、やはり幾分あわてていたのだろう、足の方から先にはいろうとしたものだから、入り口にごつんとおでこをぶつけてしまった。

「あ、いててて……」

すると、くぐり戸のむこうから座敷わらしが顔をのぞかせて、シーッと、唇《くちびる》に人さし指を立てた。

「でっけえ声を出すんじゃねえって。おれの声はおめえにしかきこえねえけど、おめえの声はだれにでもきこえるんだからな。もっとも、こんな夜中じゃ、だれだって寝言をいってるんだと思うだろうけど……。これからもあることったから、気をつけな」

座敷わらしとつき合うには、いろいろと面倒《めんどう》な規則があるらしい。

ぼくは、こんどは失敗しないように、くぐり戸の上のところを手でおさえて、頭から先にはいることにした。そのとき、てのひらに触れた感じでは、そこはやはり大黒柱にちがいなかった。大黒柱の根元のところに、ちいさなくぐり戸が開いているのだ。だから、そのくぐり戸は闇からの出口であると同時に、大黒柱のなかへはいる入り口でもあるわけだった。

それにしても、あの太い、どっしりとした大黒柱のなかが空洞《くうどう》になっているとは、ぼくは夢にも思わなかった。

くぐり戸からはいってみると、なかは思いのほか広かった。外側から見たかぎりでは、大黒柱の太さはせいぜい直径七十センチだが、なかへはいってみると、その倍の一メートル半は楽にありそうだった。頭上を仰ぐと、はるか高いところで豆粒《まめつぶ》ぐらいのダイヤモンドのようなものが白くちかちかと輝いていて、まぶしくてとても目を開けていられない。

ぼくたちは、ちょうど太くて高い煙突の、底のところにいるみたいだった。

「おい、おめえ、これに乗れや」

座敷わらしがそういうので、見ると、いつのまにかぼくたちの足もとに、古びて藁《わら》の色も黒ずんでしまったエンツコが一つ置いてあった。エンツコというのは、（ぼくもこの村にきてはじめて見たのだが）藁でこしらえた赤ん坊の揺《ゆ》り籠《かご》なのだ。ちょうど厚ぼったいお椀《わん》のような恰好《かっこう》をしていて、どこの赤ん坊も、そのなかに首から下をとっぷり埋められ、お椀のふちに頭のうしろをもたせかけて眠っている。

「なんだ。これはエンツコじゃないか」

ぼくがいうと、座敷わらしは一つ咳《せき》ばらいをして、

「エレベーターといってもらいてえな」

といった。

なるほど、エンツコのふちには、三カ所から綱が伸びていて、それがやがて一本の綱にまとまって、なおも上の方へ伸びている。

「ぼくがこれに乗るのかい？　どうやって？」

「どうやってって、赤ん坊みたいにだ」

そんな無茶な、と、ぼくは思った。赤ん坊の揺り籠に、どうして六年生のぼくがはいることができようか。それでも、いちどやってみろというので、両足を入れて立ってみたが、それ以上はどうにもならなかった。坐《すわ》ろうとすると、膝《ひざ》がつかえて、お尻《しり》が降りない。

座敷わらしは、舌《した》うちした。

「しようがねえな。図体《ずうたい》ばっかりでかくたって、ちっとも自慢にゃならねえんだけどな」

「ぼくは、なにも自慢なんかしてやしないさ。第一、赤ん坊のエンツコへ、ぼくにはいれといったって、そりゃあ無理だよ。きみなら、なんとかはいるだろうけど」

するると、座敷わらしは目をむいた。

「ばかをいえ。今夜は、おれは案内人で、おめえはお客だ。お客が乗るところに、案内人のおれがふんぞりかえっておられるか」

座敷わらしって、なかなか律義《りちぎ》なところがあるんだな、と、ぼくは感心したが、それはそれとして、乗れないものはどうしようもない。

「どうも、その長い脚《あし》が邪魔《じゃま》みてえだな。じゃ、こうしよう。脚は外へ出して、尻だけなかに入れてみろよ」

彼は、なにがなんでも、ぼくをそのエンツコへ乗せるつもりらしい。仕方なく、彼の提案に従って尻だけ入れてみると、すっぽりはいった。変な恰好だ、まるでタライに尻餅《しりもち》をついた人みたいだ。ぼくはそう思ったが、

「これでよし。バランスもちょうどいい」

満足そうに彼はいった。

「ところで、きみはどうするの？」

「おれか。おれもいっしょに乗っていく」

「だって、どこにも乗る場所がないよ」

「あるさ。おれはちょいと失敬して、こうさせてもらおう」

そういったかと思うと、彼はひらりとぼくの腹の上に、こっちを向いてまたがってしまった。あ、そいつは困る、と、ぼくがそう思ったときは、もう彼は綱をちょんちょんと引いて、上に合い図を送っていた。

「どうだ、重たいか」

彼の顔は、ぼくのすぐ目の前にある。

「重たくはないけど……」

それよりも、たまらないのは例の濡《ぬ》れたオムツのにおいで、それは、さっき頭の上からにおってきたが、こんどはすぐ鼻の先の、腹のあたりからにおってくるのだ。

ぼくは、思わずむせそうになりながら、

「頼むから、スピードを上げて、やってくれよ。風を切って……」

と要求した。

「風を切ってか。それはお安い御用だが、風邪《かぜ》をひいても知らねえぞ」

「そういわれると、なんだかもう風邪をひいたみたいな気分だよ」

そんなことをいいながら、ぼくは手で鼻の調子を試《ため》すようなふりをして、そっと指先で鼻をつまんだ。

「じゃ、出発だ」

エンツコのエレベーターは、大黒柱のなかの空洞をするすると昇《のぼ》りはじめた。

いったい、どこまで昇るんだろう？

エレベーターがだんだんスピードを上げて、やがて耳もとで風がひゅうひゅうと鳴りはじめたとき、ぼくは心配になって、そう思った。いかにも大黒柱は、家のなかでは一番高い柱だけれども、それにしても屋根を突き抜けて、空にそびえ立っているわけではないのである。こんなスピードなら、一秒とはかからずに、柱の先端へ達するはずだ。

ところが、耳もとで風がひゅうひゅう唸《うな》るばかりで、エレベーターはいっこうに停《と》まる気配がない。そのうちに、ぼくは、酔ったように、気持ちが悪くなってきた。ぼくは、もともと乗り物にはあまり強くないのだ。東京にいたころも、エレベーターよりエスカレーターの方が好きだった。

オムツのにおいがしないのはありがたかったが、酔って吐いたりしてはみっともないから、ぼくは腹の上で腕組みなんかしている座敷わらしの膝をゆさぶった。

「なんか用か?」

座敷わらしは、ざんばらに乱れた髪を掻《か》き上げていった。その声は、風に吹き飛ばされもせずに、空洞のなかによく響いた。

「ちょっとスピードが出すぎてやしないか? ぼくは気分が悪くなりそうだ」

ふしぎに、ぼくの声もよく響く。

「ちえっ、情けねえやつだな」

彼は、腕組みをしたまま首を振った。

「風を切ってやってくれっていうから、そうしてやると、すぐこれだ。どうも都会の子どもらは、カッコいいことばっかりいってて、実力がねえな。人間、なんでも、気の持ちようだぜ。自分が乗り物に弱いと思ってるから、すぐ酔っ払っちまうんだ。おめえが、自分に勇気がねえと思ってるから、いつまでも弱虫でいるみてえにな」

どうもこの座敷わらしには、なにかというと人にお説教をする厄介《やっかい》なくせがあるらしい。

「お説教なら、あとでゆっくり聞くからさ。いったい、このエレベーターはいつになったら停まるんだい？」

「もうじきだ。ちっとは辛抱《しんぼう》することを覚えろよ」

また説教か、と思ったが、そうではなかった。じっさい、じきにエレベーターはスピードを落とし、やがて、まわりを囲んでいた空洞の壁がふいになくなったかと思うと、ぼくたちはすでに、薄い紫色《むらさきいろ》のおだやかな光に満ちた、ふしぎな世界に到着していた。

「さあ、着いたぜ」

座敷わらしは、ぼくの腹の上から、ぴょんと地面に飛び降りた。

地面に——たったいま、地上から風を切って昇ってきたばかりなのに、そこもまた地面というのは、自分でも納得《なっとく》がいかなかったが、それでもやはり、そこは見渡すかぎり緑の芝生に覆《おお》われていて、地面としかいいようがなかった。

エレベーターの綱は、その地面にどっしりと根をおろしている松の大木の枝のところで、ななめに折れて、まっすぐ地面へ伸びていた。みると、そこには牧場《まきば》の柵《さく》のような横木を軸《じく》に、その両端には荷車の車輪をつけた素朴《そぼく》なウインチの設備があって、軸木はぼくたちを引き揚げた綱で凧《たこ》の糸巻きのようにふくらんでいた。

ところで、ぼくがなによりも驚いたのは、そこには、ぼくを案内してくれた座敷わらしのほかにも、背の高さといい、顔つきといい、身につけているものといい、互いにそっくりな座敷わらしたちが、何人かいたことであった。

座敷わらしは、たった一人なのかと思っていたら、ほかにも仲間がいるのである。

「おい、ユタよ、降りてこいや。足もとに気をつけてな」

ぼくを案内してくれた座敷わらしがいった。ぼくは、宙ぶらりんのエンツコから尻を抜くのに苦労した。なにしろ、ぼくの尻は、エンツコのお椀のなかにすっぽりはまりこんでしまっているのだ。それに身動きするたびに、エンツコがぐらりぐらり揺れるものだから、やりにくいことこの上ない。

「ちえっ、なにからなにまで、手間のかかるやつだなあ」

座敷わらしは、うんざりしたようにそういって、おい、ヒノデロ、と仲間の一人を呼んだ。

「エンツコがぐらぐらしねえように、つかまえててやんな」

「はいな」

ヒノデロと呼ばれた青白い顔の座敷わらしが、気軽にぴょんと宙を跳《と》んできて、揺れるエンツコをおさえてくれた。ぼくには、ヒノデロが宙に浮かんでいるように思われたが、そうではなくて、彼は井桁《いげた》にあがって、両手でエンツコをおさえているのであった。それで、ぼくは初めて、自分がエンツコに乗ったまま、古井戸の上に宙吊《づ》りになっていることに気がついた。

乗ったところは、確かに大黒柱の空洞の底だったのだが、出てきたところは、なんと井戸なのであった。ぼくたちは、まるで深い空井戸《からいど》の底から、エンツコの釣瓶《つるべ》で汲《く》み上げられたような恰好だった。

ぼくは、やっとエンツコから尻を抜き取り、井桁に足をかけてから、地面に跳び降りた。すると、ぼくが降りたばかりのエンツコに、こんどはヒノデロが乗りこんだ。

「ちょいと、おにいさん、あたい、下へ遊びにいってくるわえなあ」

ヒノデロは、エンツコの上からぼくを案内してくれた座敷わらしに、そういった。声は男の声だし、着ているものだって、みんなとおなじ膝までの紺《こん》ガスリ一枚きりなのに、女みたいないい方をする。まるで歌舞伎《かぶき》の女形《おやま》みたいだ。

「まあ、いいだろう。おめえはオシロイのにおいが好きだからな。そのかわり、早目に引き揚げてくるんだぜ。珍しいお客を連れてきたんだからな」

「はいな、わかっているわいな」

驚いたことに、ヒノデロはぼくに片目をつむって、ウインクした。そして、ぼくが面食らって、目をぱちくりさせているうちに、するすると井桁のなかへ沈んでいった。ウインチがきいきいと音を立てて廻り出し、やがて両端の荷車の車輪がぶーんと唸りをあげて、なかの骨がまったく見えなくなった。

「いまのは、ヒノデロといってな、オシロイのにおいが無性《むしょう》に好きなやつなんだ。下に女の客があると、もうじっとしちゃいられねえ。挨拶《あいさつ》があとになっちまうが、まあ、かんべんしてやってくんな」

ぼくを案内してくれた座敷わらしは、にが笑いしながらそういった。

「きみを、おにいさんって呼んでたね。ヒノデロはきみの妹なの？」

ぼくは、念のためにそう訊《き》いてみた。すると、彼は目をぎょろりとさせて、

「妹だって？　とんでもねえ。おれたちの仲間にゃ、女なんて一人もいねえんだ。

……悲しいことにはな」

といって、そっとちいさな吐《と》息《いき》をした。

ペドロ一家の勢ぞろい

ぼくを案内してくれた兄貴分らしい座敷わらしは、ふところから鳩笛《はとぶえ》を取り出して、ピッポーと吹き鳴らした。すると、近くの芝生に寝そべっていた二、三人、そのほかにも四、五人、どこからともなく現われて、ぼくたちのまわりに集まってきた。ぼくを案内してくれた座敷わらしが、頭数を数えた。

座敷わらしたちは、彼を含めて八人であった。

「これに、さっきのヒノデロを入れた九人が、おれたちの仲間なんだ」

彼はぼくにそういってから、七人の仲間たちにぼくを紹介《しょうかい》してくれた。

「みなの衆《しゅう》。これが、おれたちと交際を希望していたユタっていう子だ。おれがじっくり観察したところによると、べつに怪しげな企《たくら》みもねえようだし、あとでおれたちに迷惑をかけるようなやつじゃねえことは、このおれが保証する。いまからこのユタを仲間に入れてやろうと思うが、だれか不服なやつがいたら手を挙げてくれ」

だれも手を挙げる者はいなかった。

「よし、これでユタはおれたちの仲間だ。さあ、みんな、ユタと握手《あくしゅ》をしてやってくれ」

彼はそういって、まっさきに自分からぼくに手を出した。

「おれはペドロだ。やんわりと握ってくれ」

ぼくは、やんわりと握ってやった。まるで赤ん坊のような、ふっくらとした手だ。けれども、座敷わらしの仲間たちがみんなペドロみたいなふっくらした手をしているかというと、そうではなかった。なかには、何人か、痩《や》せこけて骨と皮ばかりの手をしていた。

背の高さは、みんなぼくのへそぐらいだが、体の出来ぐあいは、個人個人でかなりのちがいがあるようだ。それに、顔もみんな似ているようだが、よく見ると、それぞれ特徴のある顔立ちをしている。ただ、握手の仕方はみなおなじで、それはちようど、レスラーがマットの中央で、これから試合をする相手と交《か》わす握手に似ていた。肩をいからせ、相手の顔もろくに見ないで手を握り、さっと離れて身構える……。一人一人とそんな握手を交わしていると、ぼくは、これから小人のプロレスラーのチームを相手に、タッグマッチでもしようとしているみたいな気分になった。

「みんな、人見知りしてるんだよ。悪気《わるぎ》はないんだ」

ペドロがちいさな声で釈明《しゃくめい》した。

握手が済《す》むと、松の大木の下の芝生に、全員車座になって腰をおろした。

「ユタよ。なんか一言、仲間入りの挨拶《あいさつ》をぶてや」

ペドロがいった。急にそういわれても、困ってしまう。ぼくはとりあえず、

「ぼく、水島勇太ってんだ。よろしくね」

と自己紹介して、おじぎをした。すると、仲間の一人が、

「待てよ」といった。「おめえはいま、自分の名前をユウタといった。ところが、さっきペドロの兄貴は、おめえのことをユタとみんなに紹介した。どっちがほんとなんだ?」

「ユウタの方がほんとうなんだ。勇気の勇に、太いという字をつけて、それで勇太だ。でも、この村にきてから、だれも正しくユウタと呼んでくれないんだよ。だれでも、ウを抜かして、ユタっていうんだ。ユタって呼ばれると、ぼくはすぐユダの

ことを思いだして、いやになるんだが……」

ぼくがそういうと、

「そのユダってのは、どこのどいつのことなんだ？」

と、ペドロがへんに意気込んでいった。

「キリストの、十二人の弟子《でし》のうちの一人だけど、キリストを裏切って十字架《じゅうじか》にかけた悪いやつなんだ。つまり、ユダって、裏切り者のことなんだよ」

「裏切り者？……おれはキリシタンのことはよく知らねえが、なんにしても、裏切り者はいけねえ」

ペドロはいった。

「だから、いやなんだよ、ぼくは。ユタっていわれると、なんだかみんなに裏切り者っていわれてるみたいな気がして」

「そんなことはねえだろう」と、ペドロはいった。「そりゃあ、おめえの思いすごしだぜ。むつかしくいえば、被害妄想《ひがいもうそう》ってやつだ」

「だけど、ぼくはよそ者だろう？　村の連中がぼくのことを信用してないことは、確かなんだ。みんなぼくを警戒してるんだよ、うっかりつき合えば裏切られるんじゃないかと思って。だからぼくは、ユタって呼ばれるたびに、ユダのことを思いだして、ますますいやになっちゃうんだ」

「そんなに気にすることなんか、ねえよ」と、ペドロが慰《なぐさ》めるようにいった。「おめえさえ裏切り者でなかったら、そのうちみんなもわかってくれるさ」

「ぼくはもちろん、仲間を裏切るような人間じゃないよ」

「わかってるって。おめえが裏切りをするような人間なら、おれたちも仲間に入れてやったりなんかしねえよ。まあ、おれたちと遊びながら、気長に待つこったよ。そのうちには、村の連中もきっとおめえのことを理解してくれるさ」

ペドロはそういって、ぼくの肩を叩《たた》いた。

「ユタっていう名前のことだって」と彼は言葉をつづけた。「そう気にすることたあねえだろう。おめえはユタで、ユダじゃねえんだから。ダは夕に点々を打っただけだが、この点々が曲者《くせもの》よ。点々があるのと、ねえのとでは、大ちがいのこんこんちきだ。おれの名前だって、そうだ。ペドロのぺから、丸をとってみろ。へドロじゃねえか。へドロといえば、いま公害で最も悪名の高いならず者だ。だけど、おれはへドロじゃねえ、ペドロなんだからな。おたがい、名前に点々や丸があるのと、ねえのとでは、大ちがいってわけだが、何事も、悪い方には考えねえこったよ。おめえはユダじゃなくて、ユタ。おれはヘドロじゃなくて、ペドロ。それでいいじゃねえか」

「……わかったよ」と、ぼくはいった。「みんなも、遠慮《えんりょ》しないでユタって呼んでいいよ」

「これで、挨拶は済んだ」

ペドロはいった。それから、仲間たちの名前を、一人一人紹介してくれた。けれども、みんな耳馴《みみな》れない名前ばかりで、ぼくには、とてもすぐには覚えられなかった。ダンジャ、ジュノメェ、ゴンゾ、トガサ、ジンジョ、モンゼ、ジュモンジ、それにペドロと、ヒノデロが加わる。

「ずいぶん珍しい名前ばかりだな」

ぼくは呆《あき》れて、そういった。

「そうだろう。じつは、おれたちには親がつけてくれた名前ってものがねえんだよ」

と、ペドロがちょっと淋《さび》しそうにいった。

「だから、おれたちは、自分たちが生まれた場所の通り名で呼び合うしか仕方がねえんだ。ダンジャは壇沢《だんざわ》、ジュノメェは十の前、ゴンゾは権三、トガサは斗ヶ沢《とがさわ》、ジンジョは地蔵、モンゼは門前、ジュモンジは十文字――みんな生まれた場所の通り名さ」

「……じゃ、きみのペドロっていう名前も？」

「うん。おれのは、正確にいえばペンドロさ。ぺん泥《どろ》――つまり、ぺんぺん草が生えてる泥沼ってことだよ」

「泥沼？　きみは泥沼で生まれたの？」

「泥沼ったって、まさか泥のなかから生まれてきたんじゃねえ」

ペドロは、にが笑いしながらいった。

「正確にいえば、ぺん泥っていわれてる泥沼の岸で生まれたんだ。泥沼だから、そんな岸辺に家なんかあるわけもねえが……おれは葦《あし》の茂みのなかで生まれて、すぐ捨てられた子だもんなあ」

ペドロは腕組みをして、天を仰いだ。満月の夜だというのに、天は深いすみれ色に澄み渡っていて、月はおろか、星影もない。そんなら地上は暗いのかといえば、そうではなくて、どこからくるともないふしぎな明るさが、座敷わらしたちの群像をくっきりと浮かび上がらせている。

ぼくは、ペドロがひゅうと喉《のど》を鳴らして、大きな溜息《ためいき》をつくのを聞いた。彼がどうして葦の茂みなんかで生まれて、すぐに捨てられてしまったのか、ぼくはその訳《わけ》が知りたかったが、みんなの前でそれを訊《き》いては、なんだか彼が可哀《かわい》そうな気がして、

「ヒノデロのことは、まだ聞いてなかったね」

と、話をそらした。

「ヒノデロか。ヒノデロもおれの同類でな」と、ペドロはいった。「ヒノデロってのは、日の出楼《ろう》のことさ。ここから二十里南の町にある料理屋だよ。ヒノデロのおふくろってのは、この村の生まれだが、娘のころに売られてって、日の出楼で芸者をしてたんだ」

「ああ、それでオシロイのにおいが好きなんだね、ヒノデロは」

と、ぼくはいった。

「そうよ。おふくろのにおいだと思ってんだろう。あいつが女みてえに、なよなよ

してるのも、料理屋なんかで生まれたせいさ」

　ペドロはそういってから、みんなよく似ているからまちがえないようにと、もういちど一人ずつ名前を呼んで紹介してくれた。

「きみはペドロ。それから、ダンジャに……ジュノメェに……ゴンゾに……トガサに……ジンジョに……モンゼに……ジュモンジに……ヒノデロか。これでいいね？」

　ぼくは、やっとみんなの顔を見ながら名前を正確にいうことができた。

「だけど、どうしてきみたちの両親は、もっと名前らしい名前をつけてくれなかったんだろうね」

　と、ぼくは彼らに同情していった。すると、ペドロが、

「そりゃあ、名前なんかつけてもらう前に、おれたちは殺されちまったからだよ」

　と、物騒《ぶっそう》なことをいった。

　ぼくは、びっくりした。

「殺されたって？　きみたちは殺されたのかい？」

「殺されたっていえば、ちょいとおおげさだが、まあ、死んだってことにしておい

てもいい。おれたちはな、みんな生まれてまもなく、窒息死したり、飢え死にしたりしたわけよ。だけどまあ、身の上話は、またの日にしようや。どうも話が湿っぽくなっていけねえ」

「兄貴」

と、そのとき、ジンジョが赤いよだれ掛けの下から、太い鉛筆のようなものを一本取り出していった。

「ここらで一服《いっぷく》、つけねえかい?」

「よかろう。そういえば、おれは腹がぺこぺこだぜ」

ジンジョは、太い鉛筆のような棒を口にくわえると、火打ち石をかちかちいわせて、棒の先に上手《じょうず》に火をつけた。すると、ジンジョの口から、紫色のおびただしい煙が吐き出された。どうやら、その鉛筆みたいな棒は、煙草《たばこ》らしい。ぼくはびっくりして、ペドロの耳に注意した。

「子どもが煙草なんか吸ったら、いけないじゃないか」

「子ども?」

と、ペドロは目をまるくして、それから、ふっふっふっふと体をゆさぶりながら、子どもにしては変にませた笑い方をした。

「子どもか。なるほどおめえから見れば、おれたちは子どもどころか、赤ん坊みてえな気がするだろうが……おい、ダンジャよ」

「はいな」

ジンジョから煙草を受け取ろうとしていたダンジャが、手をひっこめてこっちを見た。

「おめえ、生まれた年はいつだっけな」

「おいらかい。おいらは天明《てんめい》三年の十月よ」

ダンジャは、なんのこともなさそうにそう答えて、また煙草の方へ手を伸ばした。けれども、ぼくは驚かないわけにはいかなかった。天明三年といえば、いまからざっと百九十年も前のことなのだ。

「びっくりするのは、まだ早えよ」と、にやにやしながらペドロはいった。「モンゼは確か、宝暦《ほうれき》五年の生まれだしよ、おれはこんなかじゃ一番古くて、元禄《げんろく》八年の生まれだもんな。元禄八年っていえば、いまから二百八十年近くも前のことだぜ」

ぼくは、頭の隅《すみ》で、そうか、それでペドロはみんなの兄貴分なのだな、そう思いながらも、口をぽかんと開けて彼の顔をみつめていた。

「一番若いヒノデロだって」と、ペドロはつづけた。「明治三十五年の生まれだからな。おれたちの生まれた年っていえば、死んだ年でもあるわけだから、おれなんか、もう二百八十年近くもこんな恰好《かっこう》でふらふらしてることになる。煙草ぐらい吸ったって、いいじゃねえか」

ぼくは、黙ってうなずくほかはなかった。

「それに、ほら、見てくれ」

ペドロはそういって、口をあんぐり開けてみせた。桃色の舌《した》と歯茎《はぐき》があるだけで、歯は一本も見当たらなかった。

「おれたちは、みんな歯が生える前に死んじまったってわけさ。だから、おれたちには、物は食えねえ。口で吸うことしかできねえんだよ、赤ん坊みたいにな。だからって、おれたちはおふくろのおっぱいを吸うわけにゃいかねえ。そんで、まあ、煙草を吸うわけよ。煙草の葉っぱをちぎってきて、自分たちで巻いた自家製の葉巻だけど、味だって香《かお》りだって、ハバナの上等品に負けるもんじゃねえ。一服、やってみるかい？」

そのとき、頭の上で、赤ん坊をあやす玩具《おもちゃ》のガラガラが鳴る音がした。

「おい、ヒノデロが戻《もど》ってくるぜ」

ペドロがいうと、ゴンゾとトガサが、「はいな」と立ち上がって、ウインチの方へ駆《か》けていった。どうやら、ガラガラは松の梢《こずえ》にでも吊《つる》されていて、目に見えない糸で井戸の底と繋《つな》がっているらしい。「せえのっ」という掛け声といっしょに、荷車の車輪がきりきりと廻りはじめ、みるみる巻き上げた綱の玉がふくらんで、やがてヒノデロを乗せたエンツコが、するすると井桁《いげた》の上に現われた。

エンツコから跳び降りてきたヒノデロを見て、ぼくはびっくりした。まるで美容院の椅子《いす》で週刊誌を読みふけっている女たちのように、頭にぎっしりクリップを巻きつけ、唇《くちびる》には紅《べに》を真赤《まっか》に塗《ぬ》っていたからである。

「……なあんて恰好だ」

ペドロも、さすがに呆れたように、そういった。

「おめえ、まさか、下の客から盗んできたんじゃあるめえな」

「あら、おにいさん、盗んだなんて、人聞きの悪い……」

ヒノデロは、ペドロの胸をぶつようような身振りをしていった。

「あたいは、ただちょいと借りてきただけだわえなあ」

「どうせ眠ってるとこから、無断で借りてきたんだろう」

「だって、起こそうと思っても、目をさましてくれないんだもの、いびきをかいてて。女子学生って、あんなに寝相《ねぞう》が悪いもんかいなあ。あたい幻滅だわえ」

「そんなことはどうだっていいや。借りてきたんなら、朝までにまちがいなく返しておけよ」

「はいな」

「まあ、おめえもここへきて坐《すわ》れ」

ペドロは、彼とぼくのあいだにヒノデロの席をあけてやった。ヒノデロは、そこへ女の子のように横坐りに坐ると、横目でぼくを盗み見た。

「こいつがな、こんど仲間にはいったユタっていう村の子どもだ。仲よくしてやんな」

ペドロがいうと、ヒノデロは、指を反《そ》らせたてのひらを口元に当てて、恥ずかしそうに頭をくらくらさせながら、

「あたい、ヒノデロ。どうぞよろしゅう」

といった。ぼくは、ちょっと薄気味悪かったが、挨拶《あいさつ》なのだから、「よろしく」といった。

ハバナの上等品にも負けないという葉巻は、なるほどいいにおいの煙を漂《ただよ》わせながら、仲間のあいだを順ぐりに廻されていた。ペドロの番がきて、彼は二、三服、うまそうに煙を吐き出すと、ヒノデロを飛び越してぼくに、

「ためしに、やってみろや」

と葉巻をよこした。

こんなことをいえば叱《しか》られるかもしれないが、ぼくにだって好奇心はある。ぼくは前から、大人たちがうまそうに煙草を吸うのをみて、どんなにうまいものか、いちど吸ってみたいものだと思っていた。いま、そのときがきたのだ。

「でも、ヒノデロは？」

「こいつは、煙草よりこの方がいいんだよ」

ペドロがそういうので、見ると、ヒノデロはいつのまにか哺乳瓶《ほにゅうびん》についているゴムの吸い口のようなものを口にくわえて、それをちゅうちゅう吸っていた。

「おれにいわせりゃ恥ずかしいようなもんだが」と、ペドロはいった。「こいつは、

これでちっとはスマートだと思ってるんだ。なんしろ、町の生まれだからな」

ぼくは、おそるおそる、葉巻をひとくち吸ってみた。それは、思いのほか、にがくはなくて、つうんといいにおいが鼻を突き抜けた。

「どうだ？」

「悪くないね」

ぼくは、もう一服吸ってから、隣のジュモンジに葉巻を廻した。けれども、その直後に、急に頭がふらふらして、気が遠くなりそうになった。ぼくは、とても坐ってはいられなくなって、芝生の上に寝転《ねころ》んだ。

「おい、どうした？　ユタよ。おい……」

ペドロがそういうのがきこえたが、口がしびれて、ぼくには返事ができなかった。

ペドロの声はだんだん遠くなり、ぼくの目のなかで、天のすみれ色がいよいよ深みを増してきた……。

秘密とたわむれるぼく

だれかに呼ばれて、ぼくは眠りの海から浮かび上がった。

「ユタちゃん。ユタちゃんってば。もう七時ですよ。学校におくれますよ」

そういっているのは、おたねさんの声で、ぼくはびっくりして起き上がった。すると、目の前に、白いかっぽう着をかけたおたねさんがいた。

「……ペドロたちは？」

ぼくはあたりを見廻して、思わずそう口走った。

「なんですって？　なにを寝ぼけてるんですよ。ヘドロで騒いでるのは、大きな港のことでしょう？　ここは公害なんかの手の届かない、清潔な村なんですからね。さあ、布団《ふとん》をたたみますから、起きてくださいな」

そういわれて、ぼくはいつのまにか元の寝床に寝ていたことに気がついた。よく見ると、そこは離れの座敷で、雨戸を開《あ》け放った縁側から、裏山の小鳥のさえずりがきこえていた。

「……いまは、朝なのか」

ぼくは、半分は独り言のように、半分はおたねさんに念を押すように、そう呟《つぶや》いた。

「なにいってんですか。夜が明ければ、朝にきまってますよ、昔っから」

「元禄《げんろく》八年……」

「え?」

「いや……なんでもないんだ」

おたねさんは、さっさと寝床をたたんで押し入れに入れると、忙《いそが》しそうにスリッパを鳴らしながら母屋《おもや》へ引き揚げていった。

ペドロと八人の座敷わらしたち。それに自分を加えたペドロたち九人の仲間——あれは夢だったんだろうかと、ぼくは思った。けれども、夢にしてはなにもかもはっきり覚えていて、ペドロ、ヒノデロ、ダンジャ、ジュノメェ、ゴンゾ、トガサ、ジンジョ、モンゼ、ジュモンジと、ぼくは仲間たちの名前を一人残らずいうことができた。

こうして朝を迎えてみると、なにか信じられないような気がしてくるが、こんなに記憶《きおく》がなまなましいところからしても、あれがとても夢だったとは思えないし、またぼく自身、ただの夢だったとは思いたくなかった。

ぼくは、あれが夢ではなかったというなにか証拠が、自分の体やパジャマに残っていやしないかと捜《さが》してみたが、残念なことに、それらしいものはみつからなかった。ただ、パジャマの上着の、一番下のボタンが一つ、なくなっていることがわかった。けれども、ゆうべ寝るときには、それがちゃんとついていたかどうか、ぼくにははっきりした記憶がなかった。ついていたような気がするが、はっきりとそういい切る自信はない。

ぼくは、大黒柱のところへいってみた。確かにこの柱のなかにエンツコのエレベーターがあるのだ。けれども、いまそのつもりで見直してみると、太い太いと思っていたその大黒柱が、いかにも細いものに思われるのである。この細い柱のなかを、ペドロとエンツコに相乗りして風を切って昇《のぼ》ったとは、いくらなんでも信じられない。

根元の方の、ちいさなくぐり戸を捜してみたが、それもみつからなかった。柱の表面は、すべすべしていて、くぐり戸をくり抜いた跡《あと》など、どこにもなかった。その上、げんこつで軽く叩《たた》いてみると、こつこつと固い音がする。違《ちが》い棚《だな》の下に置いてある鉄の火鉢《ひばち》から、太い火箸《ひばし》を抜いてきて叩いてみても、おなじであった。こつこつ、こつこつ。中身がびっしり詰《つ》まっている音だ。

ぼくは、ゆうべペドロがそうしたように、いまこの柱に向かってあの呪文《じゅもん》をとなえてみたら……と思った。とたんに柱が太くなり、くぐり戸がギ、ギイーッと開いて、見るとそこにエンツコのエレベーターが待っている——というふうなことになりはしないだろうか。

ところが、じれったいことに、ぼくはゆうべのペドロの呪文を、どうしても思いだすことができなかった。ワダワダという言葉ではじまることはわかっているが、そのあとがどうしても思いだせない。こんなことなら、ゆうべのうちに、どんな意味かを訊《き》いて、覚えておくんだったと思ったが、いまとなっては後《あと》の祭りである。

そういえば、あの呪文のほかにも、訊いておきたいことがまだまだたくさんあったのだ。なによりも、こんどはいつ会えるのか、急に会いたくなったときはどういう方法で連絡すればいいのか、それを訊き洩《も》らしたことが残念でならなかった。

もし、あれが夢ではなかったとしても、ぼくはもう、二度とあの仲間たちには会えないかもしれない。ぼくは、絶望して大黒柱のそばを離れた。

その日は、分教場の教室にいても、授業が終わって家に帰ってきてからも、ぼくはちっとも眠くはならなかった。ペドロとその仲間たちのことを、ずっと熱心に考えつづけていたからである。けれども、いくら考えても、ぼくにはあれが夢だったとも、夢なんかではなかったとも、どちらとも判断がつかなかった。

ぼくの記憶に残っているペドロの言葉によれば、座敷わらしというのは、どうやら死んだ赤ん坊たちの亡霊のようだ。どんな赤ん坊にとっても、生まれてまもなく死んでしまわなければならないということは、これは不幸なことにちがいない。そんな不幸な赤ん坊たちのうちでも、とりわけ座敷わらしたちは、（ペドロもちょっと口を滑《すべ》らせたように）殺されたか、そうでなくてもそれに近いみじめな死に方をした、ひどく不幸な赤ん坊たちの亡霊らしい。

そのひどい不幸の内容はともかく、そういう亡霊というものが、はたしてほんとうにあるものだろうか。それはだれにもはっきりいえないこととして、もし、あると仮定してみても、その亡霊たちと人間とが友だちのように交際するなんて、そんなことができるはずがないと考えるのが、正しいのではなかろうか。

昼、ぱっちりと目ざめて、そう考える一方、ぼくの心のなかでは、そのありえないこと、人間がまだだれも足を踏み入れたことのない未知の世界を追い求めようとする気持ちもまた、強かった。

（あれは、夢だったんだよ。だって、目がさめたら、ちゃんと離れの座敷の布団に寝てたじゃないか。葉巻に酔って倒れてから、そのあとの記憶がなんにもないというのは、やっぱりおかしい。夢でなかったなら、帰って寝るまでのこともちゃんと覚えているはずだからね。それに、あの大黒柱の現実と、ペドロといっしょだったときとの、大きな相違。やっぱり夢だったと思って、諦《あきら》めるんだな）

一人のぼくが、そういって、もう一人の夢見がちなぼくを説得しようとする。けれども、そのもう一人のぼくは、ほとんどうわの空でうなずきながら、相変わらずペドロとその仲間たちのことを、懐《なつ》かしく思いだしている。

柱のなかのエレベーター。濡《ぬ》れたオムツのにおい。風の口笛。井桁《いげた》のある古井戸。荷車の車輪のついたウインチ。合い図のガラガラ。すみれ色の天と、緑の芝生。元禄八年生まれのペドロをはじめ、天明三年生まれのダンジャ、女形《おやま》みたいなヒノデロ、その他の仲間たち。そうして、あの強烈な葉巻の酔い——思いだせば思いだすほど、あの座敷わらしたちの不思議な国の印象のなんと鮮《あざ》やかなことだろう！

どうぞ夢ではありませんように！　もう一人のぼくは祈っていた。もう一遍《いっぺん》だけでもいい、どうぞまたペドロや仲間たちに会えますように！

夕方、ぼくは銀林荘の薪小屋《たきぎごや》に、寅吉《とらきち》じいさんを訪《たず》ねた。

「おお、坊《ぼう》か。朝から顔を見せんから、座敷わらしに連れていかれたのかと思ったぞ」

じいさんはぼくを見ると、にこにこしながらそういった。

「して、どうじゃった？　朝まで、ずっと離れにおったかな？」

「もちろんだよ」

「そりゃあ、偉《えら》かった。男の子は、たまには親から離れて、ひとりぽっちで寝てみないとな。どうじゃ、いい気持ちじゃろう。これからも、ときどき離れに泊まることっちゃ。度胸がつくぞ」

寅吉じいさんは、それだけいうと、あとは黙って仕事をつづけた。いつまで待っても、座敷わらしのことはいい出さない。もうろくして、忘れてしまったのかもし

れない。ぼくはそう思って、

「おじいちゃん、なんか一つ、ぼくに訊くことを忘れていやしないかい？」

と、水を向けてみた。

「忘れてないかって？……なんのこったろう」

「ぼくが、だれに会いにいったんだっけ？」

「……おお、おお、座敷わらしのことか」

寅吉じいさんは、ごつい親指の背中で、目ヤニを拭《ふ》いた。

「わしに文句をいうても、しようがないぞ。座敷わらしなんかとはウマが合わなかったと、諦めるんじゃな」

ぼくは、変な気がした。会えたか会えなかったか、そんなことはまだなにもいい出さないうちに、かってに会えなかったことにきめて、言いわけをしている。

「変だなあ。ぼくは文句なんかいってないのに」

「いうにきまっとるからさ」

「じゃ、おじいちゃんは、初めからぼくが座敷わらしに会えないと思ってたのかい？」

ぼくは、やっと寅吉じいさんの計略に気がついて、そうたずねたが、じいさんは、歯の欠けた口をもぐもぐさせながら、ただ笑っているばかりである。

「なあんだ。座敷わらしの話は、嘘《うそ》だったのか」

ぼくがとぼけてそういうと、

「わしは嘘をいうたんじゃない、このあたりの伝説を坊に伝えてやっただけじゃよ。座敷わらしに会いたいと思うたら、辛抱《しんぼう》強く離れに通わんとな。一回こっきりで匙《さじ》を投げっちまったら、なんにもなりゃせん。離れにひとりで平気で泊まれるようになるころには、座敷わらしでなくとも、ちゃんとした人間の友だちがきっと出来とる。村の子どもらの目だって、それほどふし穴じゃないからのう」

と、寅吉じいさんはいった。

これで、じいさんの計略がはっきりわかった。じいさん自身、離れに座敷わらしが出没することなど、最初から信じていなかったのだ。信じていないのに、さもほんとうらしくぼくに話して聞かせて、好奇心を煽《あお》り立て、ぼくを離れにひとりで寝かせることに成功した。要するに、寅吉じいさんは、父親を亡《な》くした一人っ子のひよわなぼくを、それとなく、物怖《ものお》じしない逞《たくま》しい子に鍛《きた》え直してやろうと思って、座敷わらしを餌《えさ》に一計《いっけい》をめぐらしたのだ。

そんなら、座敷わらしの話を持ち出しても仕方がない。これで、ペドロたちとの交遊はぼくひとりだけの秘密になった。

その晩、ぼくは銀林荘から帰ってきたお母さんにたずねた。

「ねえ、お母さん、離れに化石を調べにきたっていう女の学生たちが泊まってるね。あのお客たちから、なんか文句をいってこなかった……」

「文句？　文句って？」

「つまりさ、なんか自分たちの持ち物がなくなったとか、数が足《た》らなくなったとか……」

「……べつに、そんな文句はなかったけど。どうして？」

お母さんは、不審《ふしん》そうにぼくを見た。

「ううん、なかったら、それでいいんだ」

ぼくは、ほっとしていた。どうやらヒノデロは、ペドロにいわれたとおり、クリップなんかを朝までにちゃんと返しておいたらしい。

「まさか、勇ちゃん」と、心配そうに顔を曇らせてお母さんがいった。「……まさかあなた、あのお客たちに、なにかいたずらしたんじゃないでしょうね」

「とんでもない」と、ぼくはいった。「ただね、離れには座敷わらしが出るって噂《うわさ》があるからさ、なんかいたずらされたんじゃないかと思って」

お母さんは、くすくす笑いだした。

「それじゃ、あなたはどうだったの？」

「ぼく？」

「なにか大事なものでも持っていかれた？」

持っていかれたどころか、逆に彼らからなにか貴重なものをもらったような気がしていたのだが、知らんふりして、

「こっちは、なんともなかったけどさ、残念ながら」

と、ぼくは答えた。

梅雨《つゆ》のはしりというのだろうか、そのあくる日から雨になり、何日も降りつづいた。ぼくは毎日、分教場から帰って家で予習復習を済ませると、おばあちゃんの蓑《みの》を頭からかぶって銀林荘へ遊びに出かけた。雨では、リンゴ畑で昼寝をするわけにもいかないし、家にいても、なにもすることがなくて退屈だったからだが、それよ

りもなによりも、銀林荘にいれば、ペドロたちからなにか連絡があるかもしれないという期待があったからである。

（身の上話はまたの日にしようや）

あの晩、ペドロは確かにそういった。そのペドロのかすれ声が、はっきりぼくの耳に残っている。その「またの日」が、いつのことなのかわからない以上、ぼくはあたりに耳を澄ましながら、じっと待ちつづけるほかに仕方がないのだ。

ぼくは、ロビーでテレビを見たり、長い階段を降りた谷間にある浴室で、お客のじいさんばあさんたちの真似《まね》をしてふらふらになるほど長湯をしてみたり、寅吉じいさんの手伝いをして、薪小屋から焚《た》き口《ぐち》まで薪《まき》運びをしたり——いかにも退屈を持て余しているようなふりをしていて、時折りこっそり、離れの座敷をのぞきにいった。

けれども、座敷のなかのようすも、大黒柱も、いつもとなんの変わりもなかった。

ぼくは、大黒柱を撫《な》で廻《まわ》したり、くぐり戸のあたりをこつこつとノックして、

「おい、ペドロたち。きこえたら、なにか合い図をしてくれよ」

と、小声で呼びかけたりしてみたが、柱に耳を押しつけていても、合い図らしい

ものはなにもきこえてこなかった。

女子学生たちの部屋からは、ギターに合わせてひまそうにフォークソングを歌うのがきこえてくることもあった。廊下《ろうか》を、忍び足で帰ってくるとき、突然うしろで、なにか怪獣の吠《ほ》えるような声がして、どきりとさせられたこともある。それは、彼女たちの一人のアクビの声だったが、こっちは、まさか若い女性がそんな凄《すご》いアクビをするとは思わないから、ぞっとして立ち竦《すく》んでしまうのだ。

けれども、彼女たちが退屈するのは無理もないことで、こんなに雨降りがつづいたのでは、とても化石の調査などできるものではない。化石は、家のなかにあるのではなくて、谷間の崖《がけ》の斜面とか、谷川の上流の沢とかを捜さなければみつからないのだ。そうでなくても危険な谷間を、女の足で、しかもこんな雨降りつづきでは、とても歩けやしない。

ある日、薪小屋で、寅吉じいさんがマサカリで薪を割るのを見物していると、女子学生の客たちが、一本の傘《かさ》に頭を寄せ合いながらやってきた。

「寅吉さんですね？　ちょっとインタビュウさせてくださいません？」

寅吉じいさんは面食らって、目をぱちくりさせた。

「エンタビって……あの、わしに、どうしろっていうんでやんす？」

「エンタビじゃなくって、インタビュウなの。この村の化石について、いろいろ話していただきたいんです」

じつは、化石のことを調べにきたのだけれども、この雨ではどうすることもできない。それで、せめて化石について最もくわしい人から話を聞いて、それをノートにとって、今回はひとまず引き揚げよう。そう思って宿の帳場に相談すると、化石のことなら寅吉じいさんに訊けばなんでもわかると、おたねさんはいった。そういうことを女子学生の客たちは話して、

「ですから、私たちのためにちょっと時間をさいていただきたいんです。一服しながら、私たちの質問に気楽に答えてくださればいいんですから」

「だけんど、わしは……」と、寅吉じいさんは口ごもりながらいった。「つまらんことしか知りませんですよ。どこの崖《がけ》から何の化石が出たとか、どこの沢から何の化石が出たとか、そんなことしか……」

「それで結構なんです。そういう思い出話とか、経験談を話していただければ。それを私たち、〈化石捜しの名人は語る〉という形式でまとめますから」

寅吉じいさんは尻《しり》ごみしていたが、結局、ロビーへ連れていかれることになった。

「ユタちゃんよ」と、じいさんは、ちょっとのぼせたような顔でぼくを振り返った。

「あんた、すまんがのう、焚き口へいって、しばらく火の番をしてくれんか。いま聞いたとおり、わしはこれからエンタビで、ちょっくらロビーまでいってこにゃならん」

ぼくは、じいさんがよそゆきの言葉使いをするのがおかしかったが、

「ああ、いいよ。ゆっくりいってらっしゃい」

と返事をした。すると、女子学生の一人がぼくをみて、

「あら、あの子、きれいな言葉を話すじゃない？」

といった。

「それはそのはずで」と、じいさんがいった。「あの子はユタちゃんというて、この春、おふくろさんと二人で東京から引っ越してきた子ですからにのう」

「まあ、東京から？　道理で、村の子とはどこかちがうと思ったわ」

ぼくは、女子学生の客たちにみつめられて、困ってしまった。寅吉じいさんの、おしゃべりめ！　それに、村の子どもたちとはどこかちがうなんていわれても、い

まのぼくにはちっとも名誉《めいよ》なことではないのだ。

（きみたちはね）と、ぼくはいってやりたかった。（口紅やクリップを、座敷わらしのヒノデロと共同で使っているんだぜ）

ぼくは、蓑を頭からひっかぶって、女くさい薪小屋の戸口から雨のなかへ飛び出した。

雨降りの日の交友録

温泉の焚《た》き口《ぐち》は、雨や風に邪魔《じゃま》されないように、片屋根のちいさな小屋になっている。ぼくは、焚き口に薪《まき》を二、三本抛《ほう》りこむと、いつも寅吉《とらきち》じいさんが腰かけている、丸太を輪切りにした椅子《いす》に腰をおろして、うしろの板壁によりかかった。小屋のうしろは、すぐ谷川で、そうして板壁によりかかっていると、雨で水嵩《みずかさ》を増した川音が、ずしんずしんと、まるでだれかに背中をどやされているみたいに響いてくる。頭の上の窓からは、お客のじいさんばあさんたちが、飽《あ》きもしないでよく歌う民謡《みんよう》の歌声がのんびりときこえている……。

ぼくは、いつのまにか、うとうとと居眠りをしていたらしい。頭がぐらっと揺れたので、自分でびっくりして、目がさめた。すると、ぼくの前の焚き口のそばに、いつのまにはいりこんできたのか、カスリの筒袖《つつそで》の着物を短く着た五つか六つぐらいの男の子が一人、こっちに背中を向けて立って、なにかしている。

「おいおい、坊《ぼう》や」とぼくはいった。「ここは坊やなんかのくるところじゃないよ。火遊びはいけないよ」

すると、その子はぼくに背中を向けたまま、首をすくめて、ぐすっと笑った。

「えらそうなこと、いってらあ」

ぼくは、びっくりして、あやうく丸太の椅子から滑《すべ》り落ちるところだった。まだちいさな子どものくせに、生意気なことをいうからびっくりしたのではなくて、その子のすこしかすれた声が、耳の奥に残っている座敷わらしの仲間たちの声とそっくりだったからである。

そういえば、文《もん》なしヒッピーみたいな髪の毛が、ペドロの仲間にそっくりだ。けれども、いまはまだ昼なのである。まさかと思ったが、ぼくは急いであたりの空気を嗅《か》いでみた。すると——におう、におう。あの濡《ぬ》れたオムツの蒸《む》れるにおいだ。

ぼくは、胸のなかで踊り出した心臓を、上から手でおさえつけていった。

「きみ、ペドロだね？　それとも、ペドロの仲間のだれかかい？」

「やっと気がついたか。やれやれ」

彼はそういってぼくの方を振り返ると、にやりとした。

「ゴンゾじゃないか！」

ぼくは思わずそう叫んで、あわてて、手で口に蓋《ふた》をした。

「そのとおりだよ。おれぁゴンゾだ。よくまちがえなかったな」と、ゴンゾはいった。

「そんなにいい記憶力をしているのに、おいおい坊やなんて、情けないったらありゃしないよ」

「ごめん、ごめん」と、ぼくは謝《あやま》った。「だって、まさかこんなところに、きみが出てくるとは思わなかったもんだからね」

「おれたちは、どこにだって出られるさ」

と、ゴンゾはいった。

「昼でも？」

「もちろんだよ。ただだれにも見えないだけなんだ」

「だけど、ぼくにはちゃんと見えるよ」

「そりゃあ、おまえさんはおれたちの仲間だもの」

「じゃ、きみたちの姿は、ぼくにしか見えないの？」

「そうだよ。姿ばかりじゃなくて、声もな。おれたちの声も、おまえさんにしかきこえないんだ」

ゴンゾは、そういってから、急に、ちいさな両手を、ぱちんと打ち合わせた。

「そうそう、ペドロの兄貴にも」と彼はいった。「おまえさんに会ったら、そのことをよく伝えておいてくれって、頼まれてたっけ」

「……そのことって？」

「だから、いま話したようなことだよ。人間たちのうちで、おれたちの姿が目に見えたり、声がきこえたりするのは、おまえさん一人っきりなんだからな。そのことを忘れないようにってさ」

「わかったよ」と、ぼくはいった。「忘れないように覚えておくよ」

「忘れっちまったら、妙《みょう》ちきりんなことになるからな」

ゴンゾはそういって、もしぼくが、たとえば村道の脇《わき》の田んぼで彼らと遊んでいるところを、村のだれかに見られたら、たちまち、ユタは頭が狂ったといいふらされるにちがいないといった。なぜかといえば、その村人には、ぼくの姿しか見えないのだし、ぼくの声しかきこえないのだから。だれもいない田んぼで、ぼくが空気に話しかけたり、返事をしたり、笑ったり、ジグザグに追い廻《まわ》したり、転《ころ》げ廻ったり、なんとも呑《の》みこめないような身振りをしたりしているのだから、これはもう、だれが見たって、頭が変になったんだとしか思えないだろう。

「なにしろ、このことは、おれたちと仲間づきあいをする際の基本的な心得《こころえ》だからな」と、ゴンゾはいった。「だから、ペドロの兄貴も、こないだの晩のうちに、おまえさんにしっかり教えこんどく必要があったわけよ。ところが、まだそれをなにもいい出さないうちに、かんじんのおまえさんの方が酔いつぶれっちまったもんだから、どうしようもなかったんだね」

そういわれて、ぼくは、あの晩初めて吸った葉巻のふしぎな酔い心地《ごこち》を思いだした。

「あの煙草《たばこ》には、まいったなあ。いちど吸っただけで、なにがなんだかわからなくなっちゃったんだよ。あれからぼくは、どうなったんだい？」

ぼくは、ゴンゾにそういってたずねた。

「ぶっ倒れてしまったさ。しようがないから、みんなで手取り足取り、下まで降ろして、寝かせてやったよ」

ゴンゾはいった。ぼくは、酔っぱらいのように正体をなくした自分が、あの深いすみれ色の天を仰いだまま仲間たちに担《かつ》がれていくさまを想像して、恥ずかしくなった。けれども、一方では、あの晩の出来事が夢ではなかったことがわかって、嬉《うれ》しくもあった。

「ごめんな、すっかり迷惑《めいわく》かけちゃって」と、ぼくは頭を掻《か》きながらいった。「朝、目がさめてみたら、ちゃんと布団《ふとん》に寝ているもんだからね、きみたちと友だちになったことなんか、夢だったのかなあと思ってたんだ。それにしても、あの煙草は強烈だったなあ。あんな強い煙草を、きみたちはよく平気で吸ってるね」

「そりゃあ、おれたちはもう長年吸ってるんだからな」と、ゴンゾはいった。「だけど、おれだって、はじめの二、三十年は吸うたんびに酔っぱらって、ぶっ倒れたもんさ。おまえさんは初めてだったんだから、一服しただけでひっくり返っちまったのも、無理もないよ」

ぼくは、五つか六つの子どもみたいなゴンゾが、なんでもなさそうに「二、三十年」というので、内心びっくりしていた。けれども、そういえば、ペドロは元禄《げんろく》八年の生まれだといっていたし、ダンジャは天明《てんめい》三年の生まれだといっていた。それがほんとうだとすれば、なるほど二、三十年なんて、座敷わらしとしての生涯《しょうがい》のほんの一部分にしかすぎないわけだ。

「それを聞いて、安心したよ」と、ぼくはいった。「それにしても、二、三十年とは、ずいぶん手間がかかったもんだな」

「まあ、体質にもよるがね。でも、おれなんか、まだいい方さ。なかには、十年ぐらいで馴《な》れちゃう器用なやつもいるけど、やっと吸えるようになるまでに、五十年もかかるやつだっているんだからな」

「五十年も！……ところで、きみは、いつごろの生まれなんだい？」

「おれか。おれは天保《てんぽう》四年の生まれさ。これでも仲間のうちじゃ、まず、若年《じゃくねん》ってとこだがね」

そのとき、ふいに頭の上の窓ががらがらと開《あ》いたので、ぼくはあわてて口をつぐんだ。もちろん、ぼくの頭の上には、杉の皮で葺《ふ》いた板屋根があり、その屋根の上に窓があるのだから、その窓から直接ぼくたちのいる焚き口が見えるわけではない。

「おーい、じいさんよ」

たぶん、温泉にはいっているお客の一人だろう、頭の上からそういう声が落ちてきた。

「お湯がだんだんぬるくなってくみたいだぜ。もうちっと、焚いてくれや」

ぼくは、ゴンゾと顔を見合わせて、首をすくめた。話に夢中になっていて、焚き口に薪を足すのを、すっかり忘れていたのだ。

「ちょっと、きみ」と、ぼくは小声で、相変わらず焚き口の前にむこう向きに立っているゴンゾにいった。「ちょっと、そこをどいてくれよ。ぼくは、うっかり自分の仕事を忘れていた」

「そいつはどうも、邪魔《じゃま》したな」と、ゴンゾはいった。「どれ、おれもそろそろ引き揚げるとするか。おかげでだいぶ乾《かわ》いたようだし……」

「きみたちでも、やっぱり雨の日に出ると濡《ぬ》れるのかい?」

「うん?……うん、まあね。そんなところだ」

いつもはきはきはき物をいう座敷わらしにしては珍しく、ゴンゾは口ごもって、もじもじしていたが、すぐそのわけがわかった。焚き口へ薪を運んでいってみると、そこには、蒸《む》れたオムツのにおいが、むせるほどに濃く立ちこめていたからである。

ぼくは、指で自分の鼻をつまむために、せっかく運んでいった薪を、いったん、焚き口の前の地面におろさなければならなかった。

「くさい、くさい。これは、くさい」

ぼくは、鼻をつまんだまま、悲鳴をあげた。

さっきから、焚き口の前に立ったきりで、なにをしているのかと思ったら、ゴンゾは、カスリの着物の前をひろげて、濡れたオムツを火に焙《あぶ》っていたのだ。

「か、かんべん……かんべんな」

ゴンゾは、顔を真赤《まっか》にして、おでこの前に片手を上げた。

「だって、気持ちが悪くて、しようがなかったんだよ。この雨降りつづきじゃ、洗《せん》濯《たく》もできないし、洗濯したって乾きゃしない。おれ、正直いうと、ちと、おしっこが近いんだよ。そんで、仲間たちよりよけい濡れて、気持ちが悪くてしようがないんだよ。だから、な、かんべん。ペドロの兄貴には、内緒《ないしょ》だぜ。な、このとおり、このとおり……」

ゴンゾは、おでこの前に上げた片手でぼくを拝むようにしながら、だんだんあとじさりしていくと、小屋の戸口から、ぱっと雨のなかへ身をひるがえして、それきり見えなくなってしまった。

また、ある日のこと。

テレビを見ようと思って、銀林荘のロビーへはいっていくと、ジンジョがテレビからすこし離れた窓ぎわのソファに寝そべって、本を読んでいた。

テレビの前には、どこかの村から団体で温泉へはいりにきたらしい大勢のばあさんたちが集まって、楽しそうにテレビ映画を見物している。そのばあさんたちの団体の、すぐうしろのソファに、ジンジョが平気な顔で寝そべっているのを見たとき、ぼくは、ゴンゾにいわれた交際の基本的な心得を忘れていたわけではなかったのだが、思わず胸がどきんとした。

『ジンジョの姿が目に見えるのは、ぼくだけだ。ほかの人たちがあのソファを見ても、だれかが置き忘れていった本のページが窓から吹きこむ風にぱらぱらめくれているのだとしか思わないのだ』

ぼくは、いちど自分にそういい聞かせてから、そのソファへ近づいていって、ジンジョのそばに腰をおろした。ジンジョは、本から目を上げて、ぼくだとわかると、「よお」といった。ぼくは、彼と話しやすいように、ソファの背にできるだけ深くもたれかかった。

「こんなところで、なにしてるんだい？」

「ごらんのとおりだよ。読書でございます」

ジンジョは、得意そうにいった。見ると、マンガの本でもなさそうだ。

「童話かい？」

「童話？」

ジンジョは、鼻の頭に小皺《こじわ》を寄せて、ぐすっと笑った。

「童話は、おまえさんが読めばいいさ。これは、このあたりの歴史を書いた本でな、おれたちが生まれたころのことも出てるから、懐《なつ》かしくて拾い読みしてたのさ。あちこち、まちがいもあるけど、まあ、なかなかよく調べてある。おまえさんには、まだ無理だけど、読めるところだけでも拾って読んでごらんよ。なにか参考になることがみつかるかもしれない」

ジンジョは、偉《えら》そうにそんなことをいいながら起き上がると、両手を上げて伸びをした。

「さあて、そろそろ退散しようかな。おたがいに雨降りは退屈だな。じゃ、あばよ」

「おいおい」

と、ぼくは、窓から消えようとするジンジョを呼び止めたが、うっかり声が大きくなったので、近くにいたばあさんの一人がぼくを振り向いた。

「なんじゃいの？　おらに用かの？」

「い、いいえ。なんでもないの。独り言です」

ぼくがあわててそういうと、ジンジョが窓に片足をかけたまま大笑いした。なんて行儀の悪い恰好《かっこう》だ。ぼくは警戒して、あらかじめ軽く鼻をつまんでいった。

「この本は、どうするんだい？」

「ああ、そいつは離れの女のお客が忘れてったんだ。ひととおり目を通したら、届けてやってくれよ。じゃ、またな」

ジンジョは、ちょうどサーフィンでもするような恰好で、するすると窓の外の空中を滑《すべ》っていった。

ぼくは、ジンジョが読んでいた本を手に取ってみた。なるほど、どのページにも、むつかしい漢字だらけの文章がぎっしりと詰まっていて、ぼくには一行も満足に読めなかった。けれども、ジンジョがどこかでこっそり見ているかもしれない。すぐ投げ出してしまうのも癪《しゃく》だから、ぼくはいかにもすらすら読んでいるように、ふんふんとうなずきながら、しばらくページをめくっていた。すると、おしまいの方に、「年表」というのが出てきた。

ぼくは、年号のところを見ていくうちに、ふと、ペドロのことを思いだして、元禄八年の項《こう》を捜《さが》してみた。すると、そこには、こんなことが出ていた。

〈元禄八年　この年、大凶作《だいきょうさく》。餓死者《がししゃ》多し〉

つぎに、ダンジャが生まれた天明三年の項を見ると、こう出ていた。

〈天明三年、この年、天明の大飢饉《だいききん》。死者多数〉

さらに、ゴンゾが生まれた天保四年の項を見ると、そこにもやっぱり、

〈天保四年　この年、大凶作。餓死者多数〉

と出ていて、その前年の天保三年の項には、『この年、いわゆる天保の飢饉はじまる』と出ていた。

残念なことに、ぼくには凶作の「凶」と「飢饉」という漢字が読めなかったが、餓死者が多数出たというのだから、食糧《しょくりょう》がはなはだしく欠乏《けつぼう》した年なのにちがいな

いと見当がついた。

ペドロは、元禄八年の生まれだといっても、生まれてまもなく死んだのである。ダンジャも、ゴンゾも同様である。おそらく、ほかの六人のわらしたちも、「凶作」や「飢饉」の年に生まれて、ペドロたち三人とおなじような運命をたどったのにちがいない。そう思って、年表の徳川時代のところをたどってみると、その「凶作」や「飢饉」のために「餓死者多数」という年が、じつにひんぱんに出てくるのである。

とすると、ペドロたち九人の座敷わらしは、かわいそうに生まれてまもなく飢《う》え死《じ》にをした仲間なのだと、ぼくは思った。けれども、「餓死者多数」というのだから、彼らのほかにも、生まれてまもなく死んでしまった赤ん坊は、まだ大勢いたのにちがいない。それなのに、なぜペドロたち九人だけが、「あの世」といわれる死者の世界へはいかずに、座敷わらしなどという妖怪《ようかい》になって、いまでもあんな古びた離れの屋根裏なんぞで——訪《たず》ねてみれば深いすみれ色の天の下に緑の草原だけがだだっぴろく拡《ひろ》がっているふしぎな世界だが、大黒柱のエレベーターで昇《のぼ》っていくのだから、どのみち屋根裏にはちがいない——男ばかりの共同生活をつづけているのだろうか。……


「あら、勇ちゃん、そんなところでなにをぼんやりしているの？」

ふいに、そういうお母さんの声がして、ぼくはわれに返った。いつのまにか、さっきジンジョが出ていった窓からお母さんの顔がのぞいている。

「ああ、お母さん、この本ね」と、ぼくはなんとなくあわてていった。「だれかここへ忘れていったらしいんだよ。この辺の歴史を書いた本なんだ。離れのお客さんのじゃないかと思うんだけど」

「そうね。じゃ、あとで届けてあげるわ。帳場へ置いといてくれない？」

「ああ、いいよ。それからねえ、お母さん」

ぼくは年表の「飢饉」という漢字に指先を当てて、

「この字はなんて読むの？」

「キキン、じゃない？」

お母さんは窓越しにのぞいていった。

「どういう意味？」

「気候が悪かったりして、お米や畑の作物がちっともとれなくてさ、食べるものがなんにもなくなっちゃうこと。ここに出ている凶作もおなじ意味ね」

「やっぱりそうか。この年表を読んでみると、この辺の歴史はまるで飢饉と凶作の歴史だね」

「そうね。昔は、食糧といえばほとんどお百姓が作るものばかりだったから。凶作になったら、そりゃあ悲惨《ひさん》よ」

「餓死した人たちも大勢いたんだね」

「そうよ。……だけど、勇ちゃん、よその人の本をいつまでも読んでたらいけないわ」

「わかってるよ」

ぼくは、その本を帳場へ届けようと、ロビーを出た。

菜《な》の花《はな》にまみれるペドロ

何日も降りつづいた雨があがって、どろんこ道もようやく運動靴《うんどうぐつ》で歩けるまでに乾《かわ》いた日の午後、ぼくは村はずれの〈ぺんどろ沼〉の跡《あと》を見にいって、偶然《ぐうぜん》ペドロに会った。

ぼくは、銀林荘のリンゴ畑で、寅吉《とらきち》じいさんの草むしりの手伝いをしているうちに、あの満月の晩にペドロが話していた〈ぺんぺん草が生えている泥沼〉のことを思いだし、どんなところか見てこようと思って、じいさんから場所を訊《き》いて出かけたのである。まさか、そこでペドロに会うとは思わなかった。

〈ぺんどろ沼〉は、いまはもう沼ではなく細長い田んぼになっていて、その田んぼの片側は広い栗《くり》の木林になっている。その栗の木林のなかの小道を、ぼくは、(ペドロはここで生まれて、ここに捨てられたのだ、元禄《げんろく》八年の飢饉《ききん》の年に)

そう思いながら歩いていたのだが、ふと、林の奥の方から赤ん坊の泣き声がかすかにきこえてくるのに気がついて、びっくりして立ち止まった。

（あれは捨てられたペドロの泣き声ではないか？）

まさかそんなことはあるはずもないが、ぼくは、時の流れが一瞬のうちに逆流し、いまが元禄八年なのではないかという気がして、ぼんやり林のなかに佇《たたず》んでいた。

けれども、じきに泣いている赤ん坊が捨て子ではないことがわかった。捨て子なら、いつまでもおなじところで泣いているはずだが、その泣き声は動いていて、だんだん高くなってくる。ということは、だんだんこっちへやってくるのだ。

やがて、栗の若葉の隙間《すきま》をくぐり抜けた日射《ひざ》しが太い雨のように降っている林の小道を、その赤ん坊の泣き声といっしょにだれかが歩いてくるのがみえてきた。近づいてみると、それは分教場でぼくと机を並べている小夜子《さよこ》であった。

「あら、ユタさん……びっくりした」

小夜子はぼくを見るとそういって、けれどもちっともびっくりしたふうもなく、笑顔になった。

ぼくは、分教場で、小夜子が笑った顔をほとんど見たことがない。小夜子はいつも、背中の赤ん坊の重たさにじっと耐《た》えているような顔をしているのだ。その小夜

子が、珍しく明るい笑顔を見せたので、ぼくはなんとなくほっとして、

「こっちだって、びっくりしたよ。だってさ、赤ん坊の泣き声がきこえるんだもの」

といった。けれども、そういっただけでは、小夜子にぼくの驚きがわかるわけはない。

「東京の人って、赤ん坊が泣いただけでも、びっくりするんだねえ」

小夜子がそういって、おかしそうに笑うので、

「もういいかげんにして、ぼくのことを東京の人というのはよしてくれよ。ぼくはもう、この村の人間なんだから」

と、ぼくはいった。

「だったら、赤ん坊が泣いても平気にならなくっちゃ」

「ところが、こんな淋《さび》しいところだからさ、もしかしたら捨て子じゃないかと思って、それでびっくりしたんだよ。いったい、どこへいってきたの?」

「山の畑へいってきたの。この子に、お乳を飲ませに」

と小夜子はいった。小夜子のお母さんは、朝から山の畑へ働きにいっていて、そ

こへ小夜子は赤ん坊の食事をさせに連れていってきたのだ。いちいち戻《もど》ってこないで、そのまま山にいたらよさそうなものだが、家には家の用事があってそうもしてはいられないのだろう。

背中の泣く子をゆすり上げると、小夜子の肩のあたりから、真っ黄色の米粒みたいなものがぽろぽろと地面にこぼれ落ちた。見ると、縞《しま》の野良着《のらぎ》の襟首《えりくび》から肩のあたりにかけて、その真っ黄色の米粒みたいなものがまだたくさんついている。

「なんだろう、それは。肩に変なものがたくさんついてるよ」

そういって教えてやると、小夜子は顔を長くして自分の肩先を振り返って見た。

「ああ、菜種《なたね》の花だわ。いま菜種の穫《と》り入《い》れをしているの。さっき母ちゃんがこの子にお乳を飲ませているあいだ、ちょっと運ぶのを手伝ったから」

小夜子はそういいながら、手でぱたぱたと菜種の花を払い落とした。ぼくも、小夜子の手の届かないところを払い落としてやった。するとそのとき、

「よけいなお節介《せっかい》は、よせ。よけいなお節介は、よせ」

というかすれ声が、林のなかに響き渡った。ぼくはびっくりして手を引っこめて、あたりを見廻《みまわ》したが、だれもいない。

「どうしたの、ユタさん」

小夜子もそういってあたりを見廻すので、「ごめんよ」とぼくはひとまず謝《あやま》った。

「ぼくはべつにお節介のつもりじゃなかったんだけど……つい手が出てしまったんだ」

するど、小夜子は長い睫毛《まつげ》を二、三度ぱしぱしさせて、

「だれもお節介だなんていわないわ」

ちいさな声でそういうと、うつむいてしまった。

「小夜ちゃんはね、そうは思わなくても、だれかが見ると、よけいなお節介に見えちゃうんだ、きっと。……それにしてもいったいだれだろう」

ぼくがそういって、またあたりを見廻すと、

「……だれって？　なんのこと？」

と小夜子がいった。

「いま大きな声でぼくを非難したやつのことさ」

「いま？　大きな声で？」

「よけいなお節介はよせって、そういっただろう？」

しぎそうな顔をした。

すに　なんにもきこえなかったわ」

「え？　あんな大きな声が？」

ぼくは驚いて、そういってから、あ、するとペドロが、と気がついた。どうも、どこかで聞いたことがある声のような気がしたが、あのかすれ声はペドロのものだ。ペドロがどこかで見ていて、ぼくをひやかしたのだ。ペドロの声なら、ぼくにはきこえても、小夜子にはきこえないのは当然である。

「変だな。ぼくにはきこえたような気がしたんだがな。耳がおかしくなっちゃったのかな」

ぼくは、あわててそんなことをいいながら、指で耳の穴をほじってみせた。小夜子は、恥ずかしそうに笑いながら、

「あんまり赤ん坊が泣くから、耳がどうかしちゃったのね。おらはもういく。ごめんね」

といった。

「べつに赤ん坊のせいじゃないけど……じゃ、またね」

と、ぼくはいった。

小夜子のうしろ姿がみえなくなると、ぼくはあたりを見廻しながらいった。

「ペドロだね？　どこにいるんだい？」

すると、十メートルほど先の栗《くり》の木が、それ一本だけ、風もないのに梢《こずえ》がさわさわと鳴り出した。駈《か》けていって、見上げると、高い枝にペドロが腰かけて、両手で梢をゆさぶっている。

「なあんだ。そんなところにいたのか。降りておいでよ」

ぼくはそういったが、まだ全部をいい終わらないうちに、ふいに例のにおいに鼻を打たれて、見ると、ペドロはもうぼくの前に立っていた。

「やあ。こないだの晩はすっかり迷惑《めいわく》をかけちゃって、ごめんね」

と、ぼくはいった。

「なあに、おめえを寝床へ戻してやることぐらい、おれたちには朝めし前さ。気にするな」

ペドロはそういってから、

「さっきのお節介は、いただけねえぜ」

といって、ぼくを横目でちょっと睨《にら》むようにした。ぼくは、笑って頭に手を上げた。

「そうかなあ。あれは純粋な好意でしたことなんだけどなあ」

「おめえはそうかもしれねえが」と、ペドロはいった。「よそ目には、あんまり見っともいいもんじゃないぜ、だれもいねえ林のなかで女の子の埃《ほこり》を払ってやっている恰好《かっこう》ってのは。村の子どもに見られでもしてみろ、おめえはますますだれにも相手にされなくなっちまうから」

「……そうだろうか」

「そうにきまってるよ。意気地《いくじ》なしのくせに女の子にばかり親切な男の子なんて、村の子どもらには一番嫌《きら》われるタイプだぜ」

「きょうはまた、いやにこきおろすんだねえ」

と、ぼくは思わず苦笑しながらいった。

「べつに、こきおろすつもりじゃねえが、とにかくおめえのためを思っていってるんだ。悪く思うな」

ペドロはいった。

「わかってるよ」

「……とはいっても、おめえが小夜坊に親切にしたくなる気持ちは、おれにもわかるんだ。小夜坊は貧乏だし、継母《ままはは》にこき使われて、かわいそうな子だけど、素直ないい子だもんなあ」

そういうペドロの透《す》きとおるような白い顔に、みるみる赤味が射《さ》してくるのを、ぼくは見た。それから、ペドロのビートルズ風の頭にも、さっき小夜子の肩のあたりにたくさんついていた真っ黄色の菜種の花が、いっぱいもぐりこんでいるのに気がついた。それで、

「ねえ、ペドロ」と、ぼくはいった。「きみは、なにか重いものを運ぶときは頭に乗せて運ぶんだろう」

「そうだ。おれたちの仲間はみんなそうするんだ」

「なるほど。じゃ、きみはさっきまで菜種の花を運ぶ仕事をしてたんだろう」

ペドロはあやうくうなずきかけて、警戒するように眉《まゆ》をひそめた。

「……おめえはいったい、なにがいいてえんだ？」

「きみの髪の毛に、菜種の花がいっぱいくっついてるといいたいんだよ」

「へっ」

と、ペドロは奇妙な声を上げて、両手で髪をかきむしるようにした。菜種の花がぽろぽろと落ちる、落ちる……。

「もう、とれたか?」

「まだまだ、いっぱいもぐりこんでるよ」

「黙って見てないで、手伝ってくれたらどうなんだ?」

「お節介じゃないのかい?」

ちえっ、とペドロは、舌《した》うちした。

「おれたち、男同士じゃねえか」

それで、髪から菜種の花を拾ってやりながら、

「当ててみようか。きみはさっきまで、山の菜種畑で小夜ちゃんの手伝いをしてきたんだろう」

と、ぼくはいった。

「じょ、じょうだんじゃねえ。おれはな、おれはよその菜種畑をただ駈け廻ってきただけなんだ。変なことというな」

ペドロは、珍しくどもりながらそういったが、菜種畑をただ駈け廻っただけで、花がこんなにたくさん髪にもぐりこむはずがない。怪しいものだと、ぼくは思った。

その後、本格的な雨の季節がはじまるまでに、ぼくは村のなかで三度ペドロに会ったのだが、ふしぎなことに、その三度とも、道で小夜子に会った直後に、おなじ道筋でペドロに会ったのであった。ということは、初めて〈ぺんどろ沼〉の跡《あと》で会ったときから数えれば、四回もおなじような会い方がつづいたことになるわけである。

おなじことが四度もつづけば、どんな鈍感な人間だって、四度目ぐらいには、おや、なんだか変だぞ、と気がつく。正直いうと、ぼくも四度目になってから、おや、また小夜子のあとにペドロに会った、変だなあ、と気がついた。

「やあ、また会ったね、ペドロ。でも、なんだか、ふしぎだなあ」

ぼくは四度目のとき、さすがに首をかしげてそういいながら、道ばたの草の上に坐《すわ》っている彼の隣に腰をおろした。ペドロは、大きな目でぎょろりとぼくを見上げたきり、あとは短くなった葉巻を口にくわえたまま、むっつりしている。

「ねえ、きみ。なんだかふしぎだと思わないかい？」

ぼくがそういうと、ペドロは前の小川の流れに目を落としたまま、

「ふしぎか。ふん。もともとこの世の中にはふしぎが満ちあふれておるよ。科学ばかりじゃ解明できないようなふしぎがな。いまさら騒ぎ立てることはねえやな」

といった。

「まったくだなあ」と、ぼくは、お父さんを海に沈めてしまったタンカー事故のことを思いだしながら、相槌《あいづち》を打った。「まったくふしぎなことだらけなんだねえ、この世の中って。なにもSF的なことを持ち出さなくても、ぼくたちの日常生活のなかにだって、いくらでもふしぎなことが転がってるんだから。たとえば、小夜ちゃんときみのことなんか……」

すると、ペドロはぎょっとしたように目をむいて、ぼくを睨みつけた。

「お、おれと、小夜坊が、ど、どうしたってんだ？」

ペドロは、たちまち顔を真赤《まっか》にして、ぼくに食ってかかった。

「まあ、落ち着けよ。ぼくはなにも、きみたちの悪口をいおうってんじゃないんだ」

それからぼくは、小夜子と道で会って別れたあとで、きまってすぐまた、きみと会う、そういうことが、もうこれで四度つづいた。それがふしぎなのだと説明した。

「そ、そんなことは、た、ただの偶然《ぐうぜん》じゃねえか」

と、ペドロはいった。

「偶然かもしれないけどさ。おなじような偶然が、四回もつづいたら、だれだってふしぎだと思うじゃないか。きみは自分でふしぎだとは思わないかい？」

「そ、そりゃあ、思うよ。じつにふしぎだ」

と、ペドロは着物の袖《そで》で、おでこに浮かんだ汗を拭《ふ》きながらいった。

「だから、さっきもいったろうが。この世の中にはふしぎが満ちあふれておるんだと。ふしぎはふしぎで、いいじゃねえか。ふしぎなことは、なんでもかんでも種明かししちまわねえと気が済《す》まねえってとこが、人間の悲しい性分《しょうぶん》よ」

「わかったよ」と、ぼくはいった。「もういいんだ。ぼくも、ふしぎはふしぎのままにしておく。だから、もうそんなに怒るなよ」

「おれはなにも怒ってるんじゃねえよ」

ペドロは汗を拭きつづけながら、憂鬱《ゆううつ》そうに曇り空を仰いだ。

「それにしても、きょうのむし暑さは、ただごとじゃねえぜ。いよいよ鬱陶《うっとう》しい季節にはいるっていう前触《まえぶ》れにちげえねえよ」

「鬱陶しい、季節って、梅雨《つゆ》のことかい？」

　と、ぼくは訊《き》いた。

「そうよ。この分じゃ、明日の午後の三時ごろから、ぽつりぽつりやってくるだろうな。それが七月の下旬まで、降ったりやんだりの長雨になるんだ。梅雨が明けるのは、まあ、七月の十八、九日になるだろう」

　そんなふうに、ペドロがまるで気象庁の天気予報官みたいなことをいうので、ぼくはおかしくなって、笑いだした。

「……なにがおかしいんだ？」

「いや、なんでもないんだ」

　ペドロは、面白くなさそうに舌うちした。

「明日から長雨がはじまるっていうのに、よく笑ってなんかいられるもんだな。おれはおめえが羨《うらや》ましいよ。おれなんか、憂鬱で、もう、にこりともしたくねえ」

「ぼくだって長雨は好きじゃないけどさ。でも、正直いって、ぼくは笑いたくないほど憂鬱でもないんだ」

「そうだろうな。だから、おめえが羨ましいんだよ。人間は、長雨が憂鬱でなくなりゃ、一人前だからな」

けれども、ぼくにはペドロのいうことがよくわからなかった。

「それは、どういう意味だい？」

「わからねえかなあ。こんなことをおれの口からいわせる気か？」

ぼくは考えた。しばらくして、あ、と思い当たった。

「わかったよ」

ペドロは、なにもいわずに、べそをかくように笑ってみせた。

ペドロの憂鬱の種は、たぶんオムツなのだ。長雨になると、オムツは乾《かわ》く暇がない。オムツはいつもびしょびしょに濡《ぬ》れているのだ。これでは、憂鬱になるのも当然である。

「ぼくは、ひとの弱点を口にするのは好きじゃないから、なんにもいわないけど、でも、同情するよ、きみたちに」

ぼくがそういうと、ペドロはちいさくうなずきながら、目をそらした。

「おれはひとに同情されるのは嫌《きら》いだが、こいつばっかりは、仕方がねえな。どんなやつにだって、一つぐらいは、泣き所ってものがあるもんさ。こいつが、おれたちの泣き所よ。こいつさえなけりゃ、どんなにせいせいするか知れやしないんだが……。ところが、こいつはおれたちにとっちゃ、たとえば孫悟空《そんごくう》が頭にはめられちまった金の輪みたいなもんだからな。これが宿命ってやつなのかね。ま、諦《あきら》めるよりしようがねえ」

ペドロは珍しく愚痴《ぐち》をこぼした。

「じゃ、梅雨のあいだはどうしてるの、みんなは」

気の毒になって、ぼくはそうたずねた。

「毎日、煙草《たばこ》ばかり吸ってごろごろしてるよ。身動きするのも、おっくうなんだ」

「じゃ、ぼくたち、梅雨が明けるまでは、会えないね」

「たぶんな。だから、こうして降りてきて、しばしの別れを惜しんでるわけだよ」

「小夜ちゃんとも、ね」

「と、とんでもねえ」と、ペドロは目をむいていった。「おめえとか、遠くにいる仲間たちのことをいってんだよ」

「遠くにいる仲間たちというと？　きみたち九人のほかにも、まだおなじような仲間がいるのかい？」

ぼくは、ペドロが汗をすっかり拭き終わるのを待って、たずねた。

「ああ、いるよ。鬼子村《おにこ》にもいるし、鳥越部落《とりごえ》にもいる」

そういわれても、鬼子村も鳥越部落もどこにあるのかぼくにはわからなかったが、訊《き》くと、どちらもここから四十キロも山奥だという。

「四十キロ！　そんな遠いところへ、これから歩いていくのかい？」

ぼくはびっくりして、そうたずねた。

「冗談《じょうだん》じゃねえよ。歩いてなんかいったら、とても明日の三時までに帰ってこれるもんじゃねえ」

「じゃ、どうやっていくんだい？」

「どうやってって、乗り物に乗ってくんだよ。……そうだな、時間でやってくるから、まあ、乗り合いバスだ」

「乗り合いバスだって？」

ぼくは思わず笑いだした。

「バスに乗るんだったら、こんなところで待ってたって、いつまでもきやしないよ。八キロむこうの街道まで出なくっちゃ。ぼやぼやしてたら最終バスに乗りおくれるよ、もうそろそろ夕方だもの」

ところが、ペドロは悠然《ゆうぜん》として、

「まあ、そうあわてるな。こっちにはこっちの都合ってものがあるんだからな。ところで、梅雨が明けるまで会えねえが、達者でな。明日は傘《かさ》を忘れるな」

「梅雨が明けるのは、来月の十八日か、九日だね？」

「その二日のうちのどっちかだ。午前中に、凄《すげ》え雷《かみなり》が鳴って、三本杉の真ん中のやつに、がらがらびしゃっと落っこちる。それが、梅雨明けの合い図よ」

「梅雨が明けたら、また会えるんだろう？」

「もちろんさ。会いたかったら、梅雨が明けたあくる日の午《ひる》ごろ、谷川のどんどん淵《ぶち》のところへくればいい」

ペドロは立ち上がると、「そろそろ、やってくるころだがな」と呟《つぶや》いて、いくらか雨雲が黄ばんでみえる西の空へ目をやった。すると、ちょうどそのとき、村はずれの山の中腹にある安楽寺《あんらくじ》の鐘楼《しょうろう》から、夕方五時の鐘の音《ね》が、ゴーン、ウォンウォ

ンウォン……ときこえてきた。ペドロは、ちょっとのま、変な恰好《かっこう》に腰をかがめて空を見上げていたが、やがて、ふいに、

「じゃ、あばよ」

そういったかと思うと、まるで柳《やなぎ》の枝に跳《と》びつく蛙《かえる》のように、ぴょんと空中に跳び上がった。ペドロは、驚いたことには電柱よりも高く跳び上がった。そして、空中で、目にみえない何かに両手で抱きつくようにしたかと思うと、今度は水平に、おそろしいスピードで飛んでいって、みるみる東の空にちいさくなり、消えてしまった。

ぼくの予言と賭《か》けについて

その翌日は、朝のうちはまだ雲間から薄日が洩《も》れていて、ぼくがゴム長をはき、傘《かさ》を持って分教場へいくと、先に教室へはいっていた連中が、みんな窓から首を出して、声をそろえてぼくをはやし立てた。

「東京者《もん》は、臆病者《おくびょうもん》！　天気がいいのに傘さして！」

ぼくは、珍しくむっとした。なにか、みんなの前で失敗をしたり、みんなが容易にできることをできなかったりして、それではやし立てられるのなら仕方がないが、そうではなくて、傘をただ手に持っているだけなのに、さしているといったり、用意がいいのを臆病と取り違えたりする連中には、黙っているわけにはいかない。

そこで、ぼくはみんなの前に両手を上げて、こう叫んだ。

「ちょっと静かにしてくれよ、みんな」

みんなは、ぴたりと口をつぐんだ。ぼくがそんな演説めいたことはいちどもしたことがなかったから、みんなはびっくりしたのだ。ぼくはつづけて、こう叫んだ。

「きみたちはいま、ぼくのことを臆病者といったね。だけど、ぼくは雨がこわいんじゃない、濡《ぬ》れたくないから、傘を持ってきたんだ。なるほどいまは降ってないけど、午後からきっと雨になるよ。ぼくには、ちゃんとわかってるんだ。なんなら、雨が降り出す時間をいおうか？　それはね、午後の三時ごろだ」

みんなは、ぽかんとしてぼくを眺《なが》めていた。裏山でホトトギスが鳴いていて、その声が非常にはっきりきこえていた。ぼくは、この村にきてから、こんなに自信に満ちた口調でだれかにものを語ったことが、いちどでもあっただろうか。

ぼくはちょっと調子に乗り過ぎたんじゃないかと思ったが、自分で舌《した》の動きを止めることができなかった。われながら、偉《えら》そうな演説になってしまった。

ところが、間《ま》の悪いことに、ぼくが話し終わったとたん、それを待っていたかのように雲間から明るい日射《ひざ》しが、かっとぼくらの頭上に照りつけてきた。校舎の窓という窓が、いっせいにきらきらと輝き、校庭にぽつんと一人立っているぼくの影が校門の方へ逃げるように走り、みんなは急に勢いづいて、わあわあとぼくに非難の言葉を浴びせてきた。

そんな、猫《ねこ》が忍びこんだ鶏小屋《とりごや》のような騒ぎのなかから、ぴょんと校庭に跳《と》び降りてきた者があった。中学三年の大作《だいさく》である。大作は、分教場では一番の大男で、鼻の下にはもううっすらとひげが生えている。中学とは教室が違うから、授業中のことはわからないが、校外活動では常にリーダーとして睨《にら》みを利《き》かせている人物である。その大作が、ふいに窓から跳び降りてきたものだから、一瞬、ぼくは胸がどきりとした。いつかテレビで見た西部劇の決闘シーンが、ちらと頭をかすめたからだ。

「静まれ！　静まれっていうに！」

大作は、腹の底まで響くような大声で窓の騒ぎを鎮《しず》めると、みんなに向かって、

「面白いじゃないか。どうじゃろう、きょう午後の三時に、雨が降るか降らないか、このモヤシのユタと賭《か》けをしてみんかのう」

といった。どっと賛成の声があがった。大作は、ぼくのすぐ前まで歩いてきて、見下ろした。

「どうじゃ、モヤシ。みんなもああいうてるが、賭けをしてもええな？」

ぼくは内心、困ったことになったと思ったが、いまさらあとへも退《ひ》けないから、

「ああ、いいとも」

と、せいぜい胸を張って答えた。

大作は、鼻の穴に羽虫《はむし》でもまぎれこんだのか、急にくしゃみをしそうな顔になり、あわてて、げんこつで鼻をこね廻した。

「ええ度胸じゃ」と彼はいった。「ところで、もしも午後の三時に雨が降らなんだら、おめえは罰《ばつ》として、どんなことをしてくれる?」

ぼくはちょっと考えてから、

「日が照ってても、ゴム長はいて、傘さして、村中を歩き廻ったっていいよ」

といった。大作はうなずき、窓のみんなは手を叩《たた》いて、大笑いした。

「笑うのはまだ早いよ」

ぼくはみんなに注意してやった。それから、雑兵《ぞうひょう》どもは無視して、大将の大作に、

「もしもほんとうに雨が降り出したら、きみたちは罰として、どんなことをしてくれる?」

とたずねた。

「そうじゃな。どんなに凄《すご》い雨だっても、裸になって村中を歩き廻ったってええ」

大作はそういったが、この発言には、とうぜん女生徒たちから反対が出た。

「そんなら、裸足《はだし》がええじゃろう。どんなに凄い雨だっても、裸足になって村中をひと廻りする。これなら女子《おなご》たちも文句があんめえ？」

裸足でも裸でも、どっちだっていいじゃないか、どうせ雨なんか降りゃしないんだから——そういう声が、あちこちから上がった。

「どうな、モヤシ」

大作がそういうので、

「結構だよ、きみたちさえそれでいいんだったら」

と、ぼくは答えた。大作は、げんこつで自分のてのひらをぴしゃっと叩いた。

「よし、じゃ、そういうことにきめた。ところで、わしの味方はどのぐらいいるんじゃ。きょうは雨が降らんという方に賭けるやつ、手を上げてみい」

わーいという大勢の声が、近くの山肌《やまはだ》にこだまを呼んだ。窓という窓に鈴なりになっている連中は、一人残らず手を上げていた。大作は、満足そうにうなずいた。

「こんだ、わしの敵の方じゃ。見たところ、一人もおらんようじゃが、念のために訊《き》いておこうのう。モヤシのいうように、午後の三時から雨降りになるって方に賭けるやつ、手を上げてみい」

窓は、しんとして、だれも手を上げる者がいない。ところが、大作が大笑いしようとして半分口を開けたとき、突然、教室のなかから、

「アウ」

という声がきこえた。

大作は、ちょうどアクビが出かかったところへ、ふいに先生の顔が現われたときのように、あわてて口を閉じた。窓のみんなも、びっくりして声の方を振り返った。

「アウ。アウ」

という声が、またきこえた。窓のみんなは笑い出したが、校庭にいるぼくと大作には、それがだれの声なのかわからない。大作は、誇りを傷つけられたかのように目をむき出した。

「だれじゃ、そやつは。アウアウいうてるやつは」

彼はわめいた。

「小夜子《さよこ》のビッキじゃあ」

だれかがそういい、また窓にどっと笑い声が湧《わ》いた。ビッキというのは赤ん坊の

ロは口から出まかせをいったのではないだろうか。もし、そうだとしたら、ぼくは大変な賭けをしてしまったことになる。ぼく自身が恥をかくばかりではなく、なんの罪もない小夜子にまで恥ずかしい思いをさせることになる。

「ペドロ！　ペドロよ！」

ぼくは祈るような気持ちだった。もういちどペドロに会って確かめたかったが、こちらから連絡する方法がなにもないのだ。

昼休みが終わって、五時間目にはいった。外は相変わらず時折り薄日がもれる空模様である。ぼくはもう、観念した。運を天に任《まか》せるよりしようがなかった。雨が降らないなら、降らないでもいい、とぼくは思った。雨が降らなくても、ペドロが悪いのではなく、ペドロを信じたぼくが悪いのだ。妖怪《ようかい》なんかのいうことを信じたぼくが悪いのだ。……

ところが、五時間目の終わりごろに、一つの異変が起こった。それまではむしろ涼しいくらいだったのが、急にむしむしと暑くなりだしたのだ。みんなは、手拭《てぬぐい》や上着の袖《そで》で顔の汗を拭《ふ》きはじめた。クルミ先生も、ハンカチでおでこや鼻の頭の汗をおさえながら、

「どうしたのかしら。なんだか急に暑くなったじゃない？　さあ、みんな、窓をお開けなさい」

といった。窓ぎわの生徒たちは——ぼくもその一人だが——いっせいに窓を開けた。けれども、大した効き目《きめ》がなかった。外も、風がそよともなくて、部屋のなかとおなじようにむしむししていたからだ。

もちろん、ぼくもみんなとおなじように汗をかいたが、それでもぼくには、もしかしたらこの異常なむし暑さは大雨がすぐそこまで近づいている前触《まえぶ》れかもしれないという期待があったから、平気で我慢することができた。

六時間目になった。ぼくたち小学部の教室は、生徒の数は半分に減った。三年以下は、授業が五時間しかなかったからだ。

「先生」

時間のはじめに、村長の息子《むすこ》の一郎が手を上げていった。

「この六時間目が終わるのは、何時かのう」

「えーとねえ……確か三時十五分だったと思うけど。どうして？」

「先生のその腕時計、正確かのう」

クルミ先生は目をまるくした。

「もちろん、正確よ。この時計はね、先生の伯父《おじ》さんがハワイ旅行のお土産《みやげ》に買ってきてくれたスイス製の時計なんだから」

クルミ先生は自慢そうにそういって、ついでにその伯父さんから聞いたというハワイの土産話をしはじめたが、ハワイという島の話なら、村にも農協の団体旅行でいってきた人が何人もいたから、別に珍しくもなかった。

いまは、要するにクルミ先生の時計が正確であれば、それでいいのだ。みんなは、口々に、

「知ってらい、知ってらい」といって、先生のハワイ話をやめさせた。

「そんじゃ、先生」と、一郎がいった。「三時きっかりになったら、わしらに知らせてくれんかのう、いま三時きっかりだよって」

「……いいわよ。そりゃあ、知らせてあげるけど……いったいどうしたっていうの？」

そこで、一郎がみんなを代表して、三時に雨が降り出すかどうかの賭けのことを、先生に話した。

「三時にねえ。……この分だと、なんだか雨は降りそうにもみえないけど」

先生は、窓から空を見上げてそういって、それからぼくと小夜子を、気の毒そうに見た。

「引っこみ思案《じあん》のユタ君にしては、大変な賭けをしたもんねえ。三時に雨が降り出すと断言するからには、なにかそれなりの根拠《こんきょ》があるんでしょう?」

そう訊かれたって、ぼくには答えられない。ペドロのことを話したって、先生にはもちろん、みんなにもわかりっこないのである。寝呆《ねぼ》けているか、頭が変になったと思われるのが、オチだ。

「なんにも」と、ぼくは答えた。「根拠なんて、一つもないんです」

「おかしいわねえ」と、先生は首をかしげていった。「なんの根拠もないのに、どうして三時から雨が降り出すなんてわかるの?」

ぼくは、面倒臭《めんどうくさ》くなって、げんこつで机をどんと一つ叩《たた》いた。

「おかしくったって、なんだって、ぼくにはちゃんとわかってるんですから! 三時にはかならず雨が降るんですから!」

それから、もう一つ、げんこつで机を叩こうと思ったが、どうしたことか途中で力が抜けてしまったので、ぼくは振り上げたげんこつをそっと机の上におろした。みんなは——もちろんクルミ先生もだが——目をみはり、口をあんぐりと開《あ》けてぼくをみつめていた。ぼくがげんこつで机を叩いたりするなんて、みんなは思ってもみなかったのだ。

クルミ先生は、なにもいわずに、急ぎ足で教室から出ていった。みんなは、薄気味悪そうに顔を見合わせて、ひそひそささやき合っている。やがて、クルミ先生が、隣の中学部の教室からマモル先生を連れて戻《もど》ってきた。マモル先生は、教室の入り口に立ち止まって、遠くからぼくを観察し、それからゆっくり近づいてきて、こわごわぼくの頭に手をのせた。

「ユタ君、どうしたんだ」

「べつに、どうもしませんよ。ぼくはただ、自分の天気予報をみんなに話してみただけなんです。そしたら、あれよあれよというまに、こんな騒ぎになっちゃったんです」

ぼくはそういって、先生たちを安心させるために、頭を掻《か》いて笑ってみせた。

「そうか、わかった」

マモル先生は、ぼくの頭から手を離してクルミ先生のそばへ戻った。二人の先生は、ちょっとのあいだなにか小声で話し合っていたが、やがてマモル先生がみんなの方を向いて、こういった。

「じつはな、むこうの中学校の方でも、三時になったら知らせてほしいという要求があったんだ。ということは、これはつまり全校生徒の要求であるからして、三時になったら授業は一時中断することにする」

みんなは、わーいと歓声を上げ、ぼくは、これはえらいことになったと思った。ぼくの天気予報が、とうとう学校の授業まで中断させることになったのだ。

「ただし……ただしだよ」

マモル先生は、両手を上げてみんなの騒ぎを鎮《しず》めてからいった。

「ただし、罰をつけた賭けというのは、どうもよろしくないな。ただ、当てっこをするだけならいいけれども、当たらない者には重い罰を与えるというのは、よろしくない。ことに、こんどの場合は、ユタ君が転校生で、まだ村の生活には十分に馴《な》れていないんだからね。もしも、こんどの賭けの罰のために、ますます村がいやになったりしたら、ユタ君のためにもよくないし、先生も困る。だから、賭けは認めるとしても、罰は認めるわけにはいかないな、先生は。罰は抜きにして、三時に雨が降るかどうか、その当てっこだけにしなさい。そんなら、時計をみていて、三時にはちゃんと知らせてあげる。どうだ？」

みんなは、しぶしぶ承知した。

「ユタ君も、それでいいな？」

ぼくは、マモル先生が、まるで賭けはぼくが負けるものだと頭からきめてかかっているらしいのが、ちょっと気に入らなかったが、もともとぼくにはみんなに罰を与えようという気持ちはなかったのだから、

「はい、異議なしです」

と、ぼくは答えた。

マモル先生は自分の教室へ帰っていき、授業は再開された。

「先生」と、だれかがいった。「いま何時かのう」

「せっかちねえ」

クルミ先生は、スイス製の時計をのぞいて、いまは三時に十五分前だといった。

その十五分の、長かったこと！

「あと五分よ」

先生がそういった直後、突然、小夜子の背中の赤ん坊が大きな声で泣き出した。小夜子にかぎらず、学校へ赤ん坊を連れてきた生徒は、赤ん坊が泣き出したら、みんなの迷惑にならないようにそっと教室の外へ出ることになっている。で、小夜子は急いで出ていった。

ぼくは、なんだか、いやな予感がした。小夜子の弟は、ぼくにとってはたった一人の味方なのだ。そのたった一人の味方が、決戦の時をすぐ目の前にして、突然泣き出したのだから、ぼくはなんともいやな気がしたのだ。ぼくは思った――これこそ、あの〈不吉《ふきつ》な予感〉というやつではないだろうか？

ところが、ふと窓の外をみると、校庭に出た小夜子が、こっちへ顔を向けて、しきりに空を指で突っつくようにしてみせている。それで初めて気がついたのだが、空には、いつのまにか見渡すかぎり、くすんだ藍色《あいいろ》の雨雲が隙間《すきま》もなく押しひしめいていて、校庭は、もう薄日がもれるどころか、まるで夕暮れのように薄暗くなりかけているのであった。

雨の可能性、十分である。ぼくは、校庭の小夜子に、親指を立てて、いけるぞ！

という合い図を送った。すると、そのとき、空へ目を戻《もど》した小夜子が、ふいに、自分のおでこをてのひらで撫《な》でた。それを見て、

「あ、雨だ！」

と、ぼくが叫んだのと、

「さあ、三時きっかりよ」

と、クルミ先生が叫んだのと、ほとんど同時だった。

みんなは、わっと窓ぎわに駈《か》け寄ってきた。小夜子もこっちへ駈けてきた。

「雨だよう。降ってきたんだよう」

小夜子は、眉《まゆ》を八の字にして、いまにも泣き出しそうな声でそう叫んでいた。そして、みんなの前に、顔を空に向け、両手を大きくひろげて立ち止まってみせた。

すると、見よ、大粒の雨が、小夜子の顔や腕や、てのひらの、青くて薄そうな肌に、容赦《ようしゃ》なく、パシッ、パシッという音を立てて跳《は》ね返《かえ》っているではないか。

「雨じゃ！」

「……ほんに降ってきよったんじゃ……」

ぼくは、みんなの上げる驚きと感嘆《かんたん》の声に包まれて、目がしらが熱くなってくる

のをおぼえた。ペドロよ、どうもありがとう。ぼくは心のなかでそう繰《く》り返した。これは、ペドロの手柄なのだ。ペドロの予言が当たったのだ。ぼくはただ、それをみんなに伝えただけなのだ——ぼくは、できればそのことをみんなに伝えてやりたかった。けれども、いま急にペドロのことなんかいい出したら、みんなは、いよいよぼくの頭がどうかしてしまったと思うだろう。ぼくは、ペドロには悪いと思ったが、自分の手柄だというような顔をして、黙っているほかはなかった。

ぼくは、自分をいましめた。予言者は、自分の予言が当たったからといって、興《こう》奮《ふん》してはいけないのだ。ましてや、泣きだすなんて、みっともない。指で、目がしらをそっと拭《ふ》かなければいけない。

で、ぼくはできるだけ平静を装《よそお》って、まだ校庭に立っている小夜子に優《やさ》しく声をかけた。

「小夜ちゃん、もういい加減にしてなかへはいれよ。背中の弟君が風邪《かぜ》をひくじゃないか」

雨は、もはや校舎の屋根にぱらぱらと音を立てはじめていた。

夏は鐘の音の輪に乗って

その雨は、ペドロの予言どおり、長雨になった。村には、毎日セメント色の雨がびしょびしょと降りつづき、雨がひと休みするあいだは、濃い乳色の霧《きり》が立ちこめて視界をとざした。村の道という道がぬかるんで、うっかりすると、泥《どろ》に長靴《ながぐつ》を取られて足がすぽっと抜けてしまう。物はみな湿気を吸いこんで重たくなり、寅吉《とらきち》じいさんの薪割《まきわ》りの音も情けないほど冴《さ》えなくなった。

最初のうち、みんなは、ぼくの予報どおりに雨が降りはじめ、それが長雨になったということで、ぼくのことを多少薄気味悪く思っていたらしいが、べつにぼくが気ちがいでも、狐《きつね》つきでもないことがわかると、だんだん気軽に話しかけてきたり、遊びの仲間に入れてくれたりするようになった。

ということは、これまで東京からきた異人種としてまったく無視されてきたぼくが、こんどの一件で、なにかふしぎな能力を持った人物として、無視できない存在になったということだろう。要するに、ぼくは村の仲間として、みんなに認められてきたわけである。

けれども、出る杭《くい》は打たれるという諺《ことわざ》がある。みんなのなかには、ぼくが村の仲間として認められてきたことがかえって気に入らないらしく、相変わらず頑固《がんこ》にぼくを無視する態度をとる連中もいた。そういう連中は、こんどの一件をどう見ていたのかというと、あれはただのマグレアタリか、そうでなければ、なにかの手づるで、測候所《そっこうじょ》からそういう情報を手に入れたのだろうというのであった。

いくら測候所だって、ペドロほど正確に雨の予報が出せるとは思えないのだが、それにしても、公平にみて、そういう疑問を持つ人がいるのはむしろ当然のことかもしれない。なにしろ、ペドロのことを知らない人たちにとっては、予告した時刻にきちんと雨が降り出すなんて、考えれば考えるほどふしぎなことにちがいないのだから。

だから、ぼくは、そういう連中の陰口が耳にはいっても、知らん顔をしていた。というのは、ぼくの予報がマグレアタリでも、測候所の知恵を借りたのでもないということを、その疑《うたぐ》り深い連中に納得《なっとく》させるようなチャンスが、もういちどやってくることをぼくは知っていたからである。

それは、いうまでもなく、梅雨明《つゆあ》けのときだ。

雨降りがあんまり長くつづけば、ペドロたちでなくても、だれだってうんざりして、早く晴れる日がくればいいと思うようになる。とうぜん、この雨はいったいいつになったらあがるだろうかということが、話題になる。

七月なかばのある日、分教場の休憩時間に、中学三年の大作がぶらりと小学部の教室へやってきて、

「のう、ユタよ」

と、ぼくに声をかけた。

梅雨にはいって以来、大作だけではなく、もうだれもぼくのことをモヤシと呼ぶ者はいなくなっていた。

「よく降る雨じゃのう」と、彼はぼくの肩に手を廻《まわ》していった。「だが、この雨は、もともとおめえが呼んできたようなもんなんだぜ――つうことは、おめえにも責任があるっつうこった。そこで、おめえにたずねるが、この雨はいったい、いつになったらはれるんかのう」

「さあねえ」と、ぼくは一応、とぼけてみせた。「ぼくだって、お天気相談所の所長じゃないからねえ」

「だけんど、おめえはこの雨が降り出す時間をぴたりと当てたじゃねえか」

「うん、あのときはね。だけど、物事のはじまりというのは、割合はっきりしてるけど、終わりというのは、あいまいだからね。雨だってそうだろう？　最初は、ぽつりぽつりとくるからわかるけど、終わりは水道の蛇口《じゃぐち》をひねったように、ぴたっとやむもんじゃないからね。とても、あのときみたいに正確には、わからないよ」

「そんなら、大体のところでええんじゃ」

「大体のところねえ……」

もちろん、ぼくは、ペドロが教えてくれた梅雨明けの日をちゃんと覚えていたのだが、それをすぐに話さなかったのは、べつにもったいぶっていたからではなかった。こういうことが、これから先もつづくようなら、わずらわしいなと考えていたのだ。ここらで、なんとか手を打っておかなければならない。そこで、ぼくは、大作をはじめ、いつのまにかぼくたちのまわりに集まってきていた生徒たちに、こういった。

「よし。じゃ、こうしよう。こんどの梅雨明けの予告だけは、することにしよう。だけど、天気予報は、もうこれっきりにしたいんだ。というのは、ぼくがお天気博士ってことになったら、学校のいろんな行事――たとえば遠足とか、運動会とか、そのほかの校外活動なんかの日取りは、全部ぼくがきめることになりそうだからね。それでも、学校のなかだけなら、まだいいんだけど、村の評判にでもなると、大変なんだ。なにしろ、ここは、だれもがお天気と相談しながら仕事をしなければならない農村だもの、村の人たちがわんさとぼくのところへ押しかけてきて、ぼくは学校へくることも、遊ぶこともできなくなってしまう。だから、ぼくの天気予報は、これっきりってことにしてもらいたいんだよ。もう今後はいっさい、ぼくにお天気のことをたずねないって約束してくれたら、こんどの梅雨明けの日だけは占《うらな》ってあげる。どうだい、みんな？」

「ええじゃろう。約束する」

と、まず大作がいい、みんなも大作の意見に従った。

「じゃ、教えてあげる。この梅雨が明けるのは、十八日か十九日だよ。とにかく大きな雷《かみなり》が鳴るからね。それが梅雨明けの合い図なんだ」

ぼくはそういって、それだけでやめておこうと思ったのだが、村長の息子《むすこ》の一郎が余計な口出しをしたものだから、つい、ペドロから聞いたことをそっくり話すことになってしまった。

「それにしても、十八日か十九日なんて、ずいぶん荒っぽい予報じゃのう。それに、雷が梅雨明けの合い図だなんて、そんなの、だれでも知っとる常識じゃあ」

一郎がぼくを非難するようにそういったのだ。一郎は、よほどぼくのことが気に入らないらしく、あくまでもぼくを仲間はずれにしようとする勢力の頭目《とうもく》だ。で、ぼくはこういってやらないわけにはいかなかった。

「それじゃ、もうすこしくわしいこともいおうかな。みんながこわがるかもしれないから、黙っていようと思ってたんだが、仕方がないや。雷はね、ただ鳴るだけじゃなくて、三本杉に落っこちるよ。三本杉の、まんなかの木にね。これなら、常識とはいえないだろう?」

みんなは驚きの声を上げたが、一郎はみるみる顔が青ざめてしまった。

「そ、そんなことが、あるもんか！　大ボラ吹き！」

一郎は、吐き捨てるようにそういうと、ぼくを囲んでいた人垣を掻《か》き分けて出ていったが、ぼくが大ボラ吹きかどうかは、十九日が過ぎてからきめてもらうほかはないのだ。

いよいよ十八日がやってきた。一日中、静かに雨が降りつづけていた。雷はとうとう鳴らなかった。

十九日になった。四時間目の終わり近く、稲妻《いなずま》が、開《あ》けた窓からさっと薄暗い教室へ躍《おど》りこんできた。

「あ、稲妻じゃ！」

だれかがそう叫んだが、それからまだ何秒もしなくて、遠くの空でごろごろと雷が鳴りはじめた。

「鳴った！　梅雨明けじゃ！」

授業中なのに、何人かの級友たちが、ぼくと握手をするために駈《か》け寄ってきた。教室のなかは騒然《そうぜん》となった。

「静かに！　静かになさい！　なんですか、雷が鳴ったぐらいで」

クルミ先生が両手を上げて、みんなを鎮《しず》めた。じっさい、先生のいうとおりだった。雷が鳴ったぐらいで、なにも大騒ぎをすることはない。一郎もいったように、梅雨明けに雷が鳴るのはほんの常識にすぎないのだ。

　隣の教室もざわめき立つのが、さかいの壁越しにきこえてきたが、じきに静かになった。けれども、教室のなかとは逆に、雲の上はだんだん騒がしくなる一方だった。

　四時間目の授業が終わった。雷は、すでに村の真上まできて、駈け廻っていた。そのずしんずしんという足音は、校舎の窓ガラスをぴりぴりと震《ふる》わせ、みんなの頬《ほお》を震わせた。一郎は、てのひらで口に蓋《ふた》をしていた。彼は、子どものくせに金歯なんか入れているから、雷がその金歯に落ちやしないかと心配なのだ。

　ぼくは、一郎の肩を叩《たた》いてやった。

「大丈夫だよ。雷はきみの口のなかには落っこちやしないよ。三本杉のまんなかの木に落っこちるって、そういったじゃないか」

　ぼくがそういい終わった直後だった。稲妻がひときわ明るくみんなの顔を照らしたと同時に、みしっという、まるで地球そのものが軋《きし》んだんじゃないかと思われるような、風変わりな雷鳴が轟《とどろ》いたのは。つづいて、ずしーんという地響きがした。

「落ちた！」

と、ぼくは、思わずいった。

「落っこちたと？」

「どこに？」

「三本杉のまんなかの木だよ」

もちろん、ぼくにそれが見えたわけではなかった。第一、村はずれの三本杉は、学校からは見えないのだ。

雷は、それきり村の空を遠ざかっていったが、雨がやんでから三本杉が見えるところまでいってみると、まんなかの木が、梢《こずえ》から三分の一ほど折れたようになくなっていて、そこから青い煙がうっすらと立ち昇《のぼ》っているのが見えた。

またもや、ペドロの予言が当たったのだ。ペドロを知らないみんなにとっては、ぼくの予告が当たったのだ。

「……凄《すげ》え。こりゃあ凄えや」

さしもの大作も、呆《あき》れたようにぼくの顔を見上げていった。

その日の夕方から、雲が切れて青空がのぞきはじめ、夜にはひさしぶりの星空がひろがった。あくる日は、朝から雲一つない上天気で、強い日射《ひざ》しが目に痛いほどだった。

ちょうどその日は土曜日だったので、ぼくは学校から帰って昼食を済《す》ませると、すぐ家を出て、谷川沿いに〈どんどん淵《ぶち》〉の方へさかのぼっていった。すると、いる、いる、いる――ペドロをはじめ、ダンジャ、ジュノメエ、ゴンゾ、トガサ、ジンジョ、モンゼ、ジュモンジ、ヒノデロの九人の仲間たちが、〈どんどん淵〉へ落ちこんでいるちいさな滝《たき》の滝壺《つぼ》のふちにしゃがんで、てんでにオムツの洗濯《せんたく》をしているではないか。

「やあ、みんな。しばらくだったね。……やってるね」

ぼくは、すこし離れたところに立ち止まって、そう声をかけた。みんなは顔を上げてぼくを見ると、一様にてれくさそうな笑いを浮かべながら、「よお」とか、「おっす」とか、「はあい」とかいったが、ヒノデロだけがぴょこんと立ち上がると、

「あら、いやだわ」

ちょっとぼくを睨《にら》むようにして、短い着物の裾《すそ》で膝小僧《ひざこぞう》を隠そうとした。

「なあ、ユタよ」と、ペドロがいった。「ごらんのとおり、おれたちはいま恥ずか

しい恰好《かっこう》をして、お洗濯なさってるんだ。悪いけど、あんまりそばまでこねえように願いてえな」

もちろん、ぼくだってそのくらいのエチケットは心得ている。彼らはいつも、カスリの筒袖《つつそで》の着物の下には、オムツだけしか身に着けていないのだ。そのオムツをはずして、洗濯しているところに、あんまり近寄っては無作法になる。

「わかってるよ」と、ぼくは、まだもじもじしている恥ずかしがり屋のヒノデロへ、ちょっと片目をつむってみせていった。「ぼくはここで、こっちを向いて待ってるからね。まあ、ゆっくり、きれいに洗濯してくれ」

ぼくは、そばの手頃《てごろ》な岩に腰をおろして、しばらく背中で滝の音を聞いていた。

「どうだ、おれのいったとおりに梅雨が明けたろう」

やがてペドロがそういった。

「ほんとだ。それに雨が降りはじめるときだって、きみがいったとおりだったよ」

「そうだろう。おれは嘘《うそ》なんかいったことがねえ」

「……ところで、ねえ、ペドロ」

すこし間《ま》を置いてから、ぼくはいった。

「ぼくはきみに謝《あやま》らなきゃいけないことがあるんだ」

「謝る？　なんのこった」

「ぼくはね、こんどの梅雨についてのきみの予言を、分教場のみんなに話しちまったんだよ、まるでぼく自身が予言者みたいな顔をして。初めはそんなつもりじゃなかったんだけど、つい、そんなことになっちゃったんだ」

「……ふん。それで？」

「それで、予言が二つとも、ぴたりと当たっちゃったもんだから、みんなびっくり仰天《ぎょうてん》しちゃってさ、急にぼくを仲間に入れてくれるようになったんだよ」

「結構なこっちゃねえか」と、ペドロはいった。「やつらはきっと、おめえのことを、こいつはただ者じゃねえと見直したんだよ」

「だけど、そうだとすると、ぼくは買いかぶられたことになるんだよ。だって、梅《つ》雨《ゆ》の予言をしたのはぼくではなくて、きみなんだからね。ぼくはただ、それをみんなに伝えただけなんだから」

「まあ、いいってことよ」と、ペドロはいった。「それにしたって、なにもおれに謝ることなんかねえんだ。おめえはこれまで、村の連中に見損《みそこな》われていたんだからな。こんどのことが、連中におめえを見直させる一つのきっかけになったんなら、そりゃあ、おれの方だって嬉《うれ》しいくらいだ」

「ありがとう」と、ぼくはいった。「そういってもらうと、ぼくも気持ちが楽になるんだ。ぼくはね、自分の人気取りのためにきみの予言を利用したことになるんじゃないかと思って、なんだか気が咎《とが》めていたんだよ」

「水臭《みずくせ》えな。おれたちは仲間じゃねえか。これからだって、なにかおめえの役に立つことがあったら、遠慮《えんりょ》なしに声をかけてくれよ。おれたちは、まあ、いってみれぁ人間のなりそこないだからな。だれか人間の役に立つことが嬉しいんだよ」

ペドロはいった。

だれかが歌をうたい出した。ひと節《ふし》うたうと、みんなが声をそろえてひと節うたう。歌の文句はわからないが、のんびりとした節廻しで、ちょっとよいとまけの歌に似ている。ぼくは、それを聞きながら、ひょっとしたら、これは大昔に彼らが母親の背中でいちどか二度は聞いたことがある洗濯女の歌なのかもしれないと思った。

やがて、歌がやんで、洗濯が終わった。彼らは、棒のように絞《しぼ》ったオムツを肩に担《かつ》ぐようにして、ぞろぞろ滝壺から引き揚げてきた。

「待たせたな」

「これから、どうするんだい？」

と、ぼくは、先頭のヒノデロに訊《き》いた。

「これを乾《かわ》かしにいくんだわいな」

ヒノデロはそういったが、彼だけは絞ったオムツを、両手で背中に隠していた。

「乾かしに、どこへいくの？」

「長者山《ちょうじゃやま》のてっぺんまで」

ぼくは、びっくりした。長者山といえば、隣村との境に連なっている小高い山脈《やまなみ》のなかでも、最も高くて険《けわ》しい山なのである。たかが洗濯物を乾かすのに、どうして長者山のてっぺんまで登らなければならないのだろう。

みんなは一列になって、すたすたとぼくの前を通っていく。一番最後に、ペドロがきたので、ぼくはあわてて彼と並んで歩き出しながら、

「これから長者山までいくんだって？」

「うん。長者山のてっぺんのあたりを、高圧線が通ってるだろう？　長者山のてっぺんにも、でっかい鉄塔《てっとう》が立っている。あすこが、ここらじゃ一等風当たりがいい

からな、いつも洗濯物は、あすこの高圧線の電線に干すことにしてるんだ。どうだ、いっしょにいってみるか？」

「い、いってもいいんだけどね」と、ぼくはちょっとあわてていった。「だけど、ぼくの足で、あすこまで登れるかなあ」

「なあに、わけもねえさ。歩きでいくんじゃねえんだからな」

ペドロがそういうので、ぼくはまたびっくりした。

「歩いていくんじゃないって？　じゃ、どうやっていくの？」

「乗り合いバスでいくんだよ」

「……？」

ぼくは思い出した――梅雨がはじまる前の日に、やはりペドロが乗り合いバスに乗ってくといって、ふいに空を飛んでいったことを。

「まあ、黙ってついてきな。ひさしぶりでスカッとしようぜ」

ペドロはいった。

途中から川筋を離れて、森のなかの小道にはいった。ペドロたちは、人間なら五つか六つぐらいの子どもとおなじ身体《からだ》つきをしているのだから、もちろんコンパスだって、ぼくよりずっとちいさい。それなのに、山の小道へはいると、すたすたと、じつに早く歩くのである。ぼくは、ペドロのあとについて、列のしんがりを歩いていたが、時折り小走りになって、ひらきすぎた間隔《かんかく》を詰《つ》めなければならなかった。どこをどう歩いたかわからないが、やがて突然、墓地に出た。墓地のむこうに、大きな赤屋根がみえる。それでぼくは、安楽寺《あんらくじ》へきたのだと初めてわかった。

「おい、ユタよ」と、墓地を歩いているとき、ペドロはいった。「これからは、おれのいうことをよく聞けよ。まず、おれの身体のどこかへ、つかまんな」

ぼくは、ペドロの左腕をつかんだ。

「そんなにきつく握らんでもいい。うん、そのくらいでいい。離すな。そうしておれの身体につかまってれば、おめえの姿は人間には見えねえ」

それからペドロは、

「おい、ジュモンジ、時間の方はどんなぐあいだ?」

といった。

ジュモンジは列から飛び出すと、ぴょんとそばの墓石の上に跳《と》び乗って、股《また》のあいだから太陽をのぞいた。ところが、太陽はいま、ほとんどぼくたちの頭の真上にあったので、彼はまるでアクロバットのように自分の股のあいだから背中の方へ、首を伸ばさなければならなかった。

「二時に、三分前ですな」

ジュモンジはいって、また地面に跳び降りた。

「ちょうどいい」と、ペドロはいった。「まっすぐいこうぜ」

列は安楽寺の境内《けいだい》に降りると、まっすぐ鐘楼《しょうろう》の方へ進んでいった。するとそのとき、庫裏《くり》の入り口から、白い着物に白い帯を締《し》めた和尚《おしょう》さんがからころと下駄《げた》を鳴らしながら出てくるのがみえた。ぼくは、どきりとして立ち止まりそうになったが、あわてるな、とペドロにいわれて、改めて彼の左腕を握り直した。

そうしていると、なるほど和尚さんにはぼくの姿がみえないらしい。和尚さんは、青く晴れ渡った空を仰いで、なにか独り言をつぶやくと、あとは指の関節をぽきぽき鳴らしながら、やはりぼくたちとおなじように鐘楼の方へ歩いていく。和尚さんは、これから鐘楼へ二時の鐘を突きにいくのだ。

ぼくたちの列の先頭が鐘楼の石垣の下に着くと、仲間は棒のように絞ったオムツを帯紐《おびひも》にはさみ、一人ずつ、まるで目に見えない糸で天から釣《つ》り上げられるかのように、垂直に、じつに身軽に跳躍《ちょうやく》して、見上げるような鐘楼の屋根に乗りはじめた。たちまち、地上にはペドロとぼくだけが残された。

「さあ、いこう」と、ペドロはいった。「その手を離すな」

けれども、仰ぐと、鐘楼の屋根はおそらくオリンピックの棒高跳びの決勝のときのバーよりももっと高いのである。

「ちょっと待ってくれよ、ペドロ」と、ぼくはいった。「あんなところまで棒なしで跳び上がるなんて、とってもぼくにはできないよ」

「大丈夫だって。ぐずぐずしてると、乗りおくれっちまうぜ。いいか、一、二の、三で、いっしょに跳ぶんだ」

ペドロは早口でそういうと、「一、二の、三!」と号令をかけた。ぼくはとても駄目《だめ》だと思ったが、ともかく三の声でぴょんと上へ跳んでみた。すると、どうだろう。目の前の石垣がするっと足の下の方へ沈んでいったかと思うと、すでにぼくとペドロは、屋根の上にいた。

「これでよし。みんなも用意はいいな?」

ペドロが仲間たちにそういうと、

「はいな、準備オーケーだよ」と、ゴンゾが答えた。「おれとモンゼとジュノメエとダンジャとジュモンジが、先のに乗るぜ、兄貴」

「よかろう」と、ペドロはうなずいた。「じゃ、おれはトガサとジンジョとヒノデロと、それにユタを連れて、つぎのに乗るからな」

先の、とか、つぎの、というのは、おそらく鐘のことだろうとぼくは思った。安楽寺の鐘は、山や野良《のら》で働く人びとのために時報の役目を果たしている。一時には一つ、二時には二つ、三時には三つというふうに、安楽寺では和尚さんと小坊主《こぼうず》とが交替《こうたい》で、その時間の数だけ鐘を突くのである。

もうすぐ二時だから、和尚さんは鐘を二つ突く。だから、先のというのは一つ目の鐘で、つぎのというのは二つ目の鐘のことなのだろう。そう思っているうちに、ぼくたちの足の裏で鐘つき棒を吊《つる》している金具がキイ、キイと軋《きし》みはじめ、それにつれて屋根がすこしずつ揺れてきた。和尚さんが鐘つき棒を動かしはじめたのだ。

和尚さんは、だんだん棒の振幅《しんぷく》を大きくしていって、棒に勢いがついたところで、そいつを釣鐘《つりがね》に叩《たた》きつけるようにして鳴らすのである。鐘は、グワーンと大きな音を立て、それからウォン、ウォン、ウォンと音の輪を描くようにして、遠くの方へひろがっていく――ちょうど静かな池の水面に石を投げると、そこを中心に波紋《はもん》が輪を描いてひろがるように。

ゴンゾたち五人の先発隊は、めざす長者山の峰《みね》をはるかにのぞむ屋根のふちに、一列になって、ちょうどスタート台に並んだ水泳選手が合い図の号砲《ごうほう》を待つときの身構えをした。屋根の揺れがだんだんひどくなって、

「くるぜ。ぬかるな」

と、ゴンゾが先発の仲間たちに、ちょうどそう声をかけたときだった。

グォーン、と、どえらい鐘の音がして、するとゴンゾたち先発隊はいっせいに屋根を蹴《け》り、両手を思いきり前へ伸ばして空中へ飛び出していった。あ、落っこちる！　みんな地面に墜落《ついらく》する！　ぼくは一瞬そう思ったが、そんなヘマをする仲間は一人もいなかった。彼らは墜落するどころか、空中を凄《すご》いスピードで飛んでいった。

飛んで？　いったい、どうして？　鳥のように羽根でも生えて？

いや、そうではない。鐘の音の輪につかまって！

ぼくたち人間の目には、池の波紋は見えるけれども、音の輪はみえない。ところ

が、ペドロたちの世界では音の輪もはっきり見えるのだ。見えるばかりではなく、それは十分に手応《てごた》えのある輪で、それにすばやく飛びついてつかまりさえすれば、ずいぶん遠くまでその音の輪に運んでもらえるわけである。

ぼくは思い出した、梅雨にはいる前日、ペドロが遠くにいる仲間を訪れるといってふいに空中を飛び去ったことを。あのとき、ペドロは確か乗り合いバスでいくといっていて、この安楽寺の鐘の音がきこえてくると急に垂直に飛び上がり、空中でなにかに抱《だ》きつくような恰好《かっこう》をして、そのままみるみる空を飛び去ったのだった。

ぼくはいまやっとわかったが、ペドロが乗り合いバスというのは、この安楽寺の鐘の音の輪のことなのだ。なるほど音の輪が乗り物になるとすれば、一時間ごとに鳴る安楽寺の鐘は大変正確にやってくる乗り合いバスのようなものだ。

ペドロの手を握っているぼくもまた、いまは彼らの世界の住人である。鐘の音の輪はぼくの目にもはっきり見えたが、それはコバルト色の薄べったい虹《にじ》のようなものので、それにゴンゾたちは一列にぶらさがり、ウォン、ウォンという余韻《よいん》とともにぐんぐん長者山の方へ遠ざかっていった。なかに一人、片手だけで音の輪にぶらさがり、片手はおでこの上にかざして、いかにもいい眺《なが》めだぞというふうにこっちを見ている者がいた。

「ダンジャのやつ」と、ペドロが舌《した》うちしていった。「ふざけやがって。あいつ、あんなことをして、いっぺん落っこったことがあるんだ」

ぼくは驚いた。さぞかしダンジャはひどい怪我《けが》をしたことだろうと思ったが、

「ところが、うめえことに、畑の肥溜《こえだ》めに落っこちやがった。そのかわり、しばらくだれもあいつのそばには近寄らなかった。仲間はずれもおんなしよ」

と、ペドロはいった。

先発隊がみえなくなると、いよいよぼくたちの番だった。また屋根が揺れてきて、ぼくたちは長者山の峰が見える屋根のふちに、一列に並んだ。

「おれの手を離して、腰につかまんなよ」と、ペドロはぼくにいった。「おれがいっていうまで、目をあけるな」

グヮーン、と二つ目の鐘が鳴った。それと同時に、ぼくは自分の体がペドロといっしょに宙を飛ぶのが、目をつむっていてもはっきりわかった。耳もとで風が口笛を鳴らしていたが、風の抵抗感はまったくなかった。ぼくは、柱のなかのエレベー

ターで急上昇したときのことを思いだした。

「ようし、目をあけていいぞ。ただし、下を見るな」

頭の上でペドロの声がしたので、ぼくはこわごわ目をあけてみた。すると、まだ鐘楼に立っている和尚さんの白い姿が、まるで力いっぱいに投げた野球ボールみたいにみるみるちいさくなっていくのが見えた。ぼくは、めまいがしそうで、あわててまた目をつむってしまった。

「まあ、初めはそうして目をつむってる方がいい」頭の上でペドロの声がする。

「そのうち馴《な》れてくれば、ゆっくり下界を見物できるさ。ところで、おめえ、そのままで片手を上に伸ばしてみなよ」

いわれたとおりに、一方の手でペドロの腰を抱いたまま、もう一方の手を上に伸ばしてみると、なにか柔《やわ》らかいスポンジのようなものに指先が触れた。手さぐりしてみると、ちょうど車のタイヤぐらいの太さの輪のようだ。

「よし、上を向いて目をあけろ」

それは、やはりコバルト色の音の輪だった。みんなはそれに両手でぶらさがっていた。

「おめえもおれから手を離して、みんなのようにしろ」

ペドロから手を離しても大丈夫なのかと心配だったが、彼はちゃんと両脚《りょうあし》でぼくの胴をはさんでくれた。ぼくは、両手で音の輪につかまった。

「よし、今度からはすぐそうするんだ」と、ペドロはいった。「ところで、もうそろそろ着陸だぜ。おれと手をつなごう。おれが離せといったら、もう一つの手を離すんだ」

目の前に、長者山の峰が凄い勢いでふくれ上がってきて、みるみる視界を埋《うず》めてしまった。緑色のベルトが、みるみる帯になり、川になり、海になった。

「離せ！」

ペドロの声と同時に、ぼくは音の輪を抱いていた手を離した。そのとき、初めてぼくは足の踵《かかと》に風の抵抗感をおぼえ、それがブレーキになって、空中を飛ぶスピードが急に衰えるのを感じた。そして、ぼくたちは、まるで目に見えない滑り台《すべりだい》を滑り降りるように滑空《かっくう》して、無事に草の斜面へ降り立った。

ぼくたちが乗り捨てた音の輪は、そのまま進んでいって長者山の山頂に衝突《しょうとつ》し、コバルト色の霧《きり》になって飛び散ったかと思うと、すぐ消えてしまった。

「どうだ、いい風だろう。夏はこの乗り合いバスにかぎるんだ」

じっさい、ペドロのいうように、草の斜面には夏とは思えないようなひんやりとした風が流れていて、気持ちがよかった。けれども、その涼しい風に吹かれているうちに、ぼくは両方の腕の付け根が痺《しび》れるように痛むのに気づいた。腕は両方ともだらんとして、まるで自分のものではないように重たいのである。

「どうしたんだ。どこか痛いのか？」

ぼくはたぶんしかめ面《つら》をしていたのだろう、ペドロが心配そうに顔をのぞきこんだ。

「腕が両方とも」と、ぼくはいった。「いまにも抜けそうに痛いんだよ。どうしたんだろう」

ふん、とペドロは鼻で笑った。

「さっき両手でぶらさがって空を飛んできたからだろう？」

ぼくにも、それしか考えられなかった。

「情けねえやつだな。いったい、おれたちは何秒空を飛んでたと思う？」

そういわれて気がついたのだが、音の秒速を三四〇メートルとして、ぼくたちが音の輪にぶらさがっていたのは、ずいぶん長く感じられたが実際はほんの五、六秒にすぎないのであった。その、ほんの五、六秒だけで、ぼくの両腕はすっかり痺れてしまったのである。

これでは、ペドロに笑われても仕方がない。ぼく自身、こんなに弱い自分の体がなさけなかった。

「こんなことじゃ、とってもおれたちの仲間は勤まらないぜ」

ペドロが、まるで見捨てるようなことをいうので、ぼくはあわてて、

「大丈夫だよ。ぼくは頑張《がんば》るからさ。きみたちについていけるように、自分で体を鍛《きた》えるからさ。約束するよ」

といった。

「じゃ、せいぜい鍛えてもらうことにして」と、ペドロはいった。「きょうのところは仕方がねえから、ここへ寝っころがって休んでるんだな」

「きみは、どうするの？」

ぼくは、そのとき初めて、みんながいつのまにか草原から姿を消していることに気がついた。

「あれ？　みんなは？　どこへいっちゃったんだろう」

「ほら、あすこだよ」

ペドロは、むこうの高圧線の高い鉄塔の上を指さした。仰ぐと、いつのまにかいなくなった仲間たちは、その高い鉄塔のてっぺんあたりをジャングル・ジムにして、陽気な声を上げながら鬼ごっこをしているのであった。そうして、そばの送電線には、八人分の洗ったオムツがひらひらと風になびいていた。

「さあて、おれも早くいって干さなくっちゃ」

ペドロは、棒のように絞ったオムツで自分の肩をとんとんと叩きながらいった。

「じゃ、いってくるぜ」

「またここへ戻《もど》ってくるんだろうね」

と、ぼくは心細くなってたずねた。

「もちろんさ。ただし、ここから村へ降りるバスはないから、帰りは歩きになるぜ。おれたちだけだったら、送電線を伝って帰るんだがな。だけど、くだりだけだから、楽なもんさ。これからは腕ばっかりじゃなくて、脚の方もしっかり鍛えといてくれよな」

ペドロはそういうと、背中に風をはらませて、高圧線の鉄塔の麓《ふもと》の方へ山の斜面を駈《か》け降りていった。

秋風に吹かれるペドロ

あくる日から、さっそくぼくが体の鍛練《たんれん》にとりかかったことは、いうまでもない。分教場のみんなにモヤシと呼ばれていたぼくは、本気に自分の体を鍛《きた》えようと思いはじめてから、これまでの自分がいかに頭でっかちのへナチョコだったかということを、改めて思い知らされた。たとえば、腕を鍛えようとして腕立て伏《ふ》せをしても、ただのいちども体が持ち上がらない。鉄棒だって、懸垂《けんすい》はおろか、ただだらりとぶらさがっていることさえ、ほんの二、三秒間しかできない。鐘の音の輪にぶらさがって五、六秒も空を飛んだことなど、極度《きょくど》の緊張《きんちょう》から生まれた奇蹟《きせき》だとしか思えなかった。

それでもぼくは、暇さえあれば校庭の隅《すみ》の砂場へいって、夏の暑い日射《ひざ》しを浴びながら何度も鉄棒に跳《と》びついた。また、脚を鍛えるためには、夜明けとともに起き出して、山の中腹にある安楽寺の一五三段の石段を、駈《か》け登ったり駈け降りたりした。時には、境内《けいだい》で、音の輪乗りをしにきたペドロの仲間たちと会うこともある。そんなときは、だれかに助けてもらって、短距離の滑空《かっくう》を試みることもあった。

七月の満月の晩にも、ぼくは銀林荘の離れに泊まることができた。こんどはトガサが迎えにきてくれて、また例のエンツコのエレベーターで仲間の世界へ遊びにいった。そのとき、ぼくは、さっきもトガサがとなえた柱のくぐり戸を開《あ》けるときの呪文《じゅもん》──ワダワダ、アゲロジャ、ガガイという呪文の意味を、ペドロにたずねてみた。

「おめえ、おぼえちまったのか」

ペドロは驚いたような顔をした。

「そりゃあ、何度も聞いているうちには、おぼえるさ」

ペドロは、仲間たちと顔を見合わせた。

「どうしたの？　ぼくがあの言葉をおぼえちゃいけなかったのかい？」

ペドロは腕組みをして、しばらく口をつぐんでいたが、やがて、

「あの文句の意味は教えてやってもいいんだが、まさかおめえ、あれを自分でかってに使うつもりじゃねえんだろうな」

といった。

「そりゃあ、かってに使わしてくれるなら嬉《うれ》しいんだけど」とぼくはいった。「でも、使っちゃいけないんだったら、使わないよ」

「なあ、ユタよ」と、ペドロは腕組みをしたままいった。「おめえは賢いからわかってくれると思うけどな、おれたちはいかにも仲間だが、おたがいに住んでる世界がちがうんだ。これはどうしようもねえこった。だから、おれたちはおめえを疑うわけじゃねえが、やっぱりよその世界の住人におれたちの世界をひらく扉《とびら》の鍵《かぎ》を渡すわけにゃいかねえんだよ」

「わかったよ。ぼくはあの文句を自分かってに使ったりなんかしないよ。それに、もちろんだれかに教えたりもしないし」

ぼくがそう約束すると、そんならとペドロは、あの呪文の意味を教えてくれたが、それによると、あの文句はすべてこのあたりの方言でできていて、ワダワダのワは〈自分〉、したがって〈ぼくだぼくだ〉という意味で、アゲロジャは〈開《あ》けてくれよ〉、ガガイは〈母ちゃんよ〉、それを通していえば、〈ぼくだぼくだ。開けてくれよ、母ちゃん〉という意味になるということであった。

「これはつまり、このあたりの子どもらが」と、ペドロはいった。「遊びに夢中になってるうちに日が暮れっちまう。急いで家に帰ってみると、案《あん》の定《じょう》、表戸が閉《し》まっている。そんなとき、子どもらが戸を叩《たた》きながらいう言葉なんだよ」

「なるほど」と、ぼくはいった。「でも、こういっちゃ気の毒だけど、きみたちは自分のお母さんの顔も知らないんだろう？」

「そうよ。だからこそ」と、ペドロはいって、両手であぐらの膝小僧《ひざこぞう》をつかんだ。

「だからこそ、おれたちには何遍《なんべん》でもいってみてえ言葉なんだよ、こいつは。母親に心配ばかりさせている、やんちゃな人間の子どもらみてえにな」

しばらく、天のすみれ色がしたたり落ちてくるような沈黙があった。ふと気がつくと、そばでヒノデロが、哺乳瓶《ほにゅうびん》の吸い口をちゅうちゅう音をさせて吸いながら、目からはぽろぽろと涙をこぼしているのであった。

ぼくは、体の鍛練に熱中していて、銀林荘へもぱったり足を運ばなくなっていた。だから、一学期の終業式の日に、分教場からまっすぐお母さんのところへ通信簿を見せにいったついでに、寅吉《とらきち》じいさんの薪小屋《たきぎごや》を訪ねたとき、じいさんはぼくの顔

を見て目をぱちくりさせ、

「ユタ坊《ぼう》か？……やっぱり、坊だ」

と呆《あき》れたようにいった。

ぼくの顔も手足も、すっかり日焼けして黒光りしているものだから、じいさんにはぼくとよく似たよその子どもを見るような気がしたのだ。

「近ごろは、昼寝の方はどうかな？」

「それがねえ、ちっとも眠くないんだよ、このごろは。春風が吹かなくなったせいかしらん」

「もっとも、こう暑くっちゃ、外で昼寝もできんじゃろうがの。たまには顔を見せて、薪運《まきはこ》びでも手伝《てつど》うてくれんか」

「うん、そのうちね。こんど手伝うときは、薪運びじゃなくて、薪割りをぼくがやってあげるよ、おじいちゃん」

ぼくがそういうと、

「こいつ、頼もしいことをいいよるわ」

といって、寅吉じいさんは歯茎《はぐき》をまる出しにして笑った。

じっさい、夏休みにはいると、ぼくの腕は、鍛えられた筋肉が内側から皮膚《ひふ》を押し上げて、日増しに太くなってくるように見えた。もう、鐘の音の輪にぶらさがっても、腕が痺《しび》れることなどなくなった。いちど、みんなで町へ遠出をしたが、行きも帰りも（帰りは町のお寺のバスに乗ってきたのだ）ぼくの腕はぼくの体の重さに楽々と耐《た》えた。

ぼくは、晴れた日ならほとんど毎日、朝から夕方までペドロたちの仲間といっしょだったが、ひと月おくれのお盆《ぼん》の前日、ペドロと二人で谷川の〈どんどん淵《ぶち》〉で泳ぎ疲れて、岩陰でぼんやり遠くからきこえてくる盆踊《ぼんおど》りの練習太鼓《だいこ》の音を聞いていたとき、ふいにペドロが、

「おれたち、明日から会えねえからな。悪く思うな」

といった。ぼくはびっくりした。

「明日から、いつまで？」

「なあに、お盆が済《す》むまでさ。たった四日の辛抱《しんぼう》だ」

そういうペドロの言葉つきには、半分は自分自身にいい聞かせているような響きが感じられた。

「なあんだ。ぼくはまた、これっきり会えないのかと思って、びっくりした。お盆のあいだだけなら辛抱するさ。……そうか、お盆はきみたちも忙《いそが》しいんだね」

するると、ペドロは即座にかぶりを振って、

「そんなことはねえ」といった。「忙しいなんて……かえって暇を持て余しちゃうんだ、お盆のあいだは」

「どうして？　だって、お盆というのは、一年にいちどあの世から帰ってくる死んだ人たちを迎える行事なんだろう？」

「それはそうにちげえねえが、おれたちには帰っていくところがねえからな。それに、迎えてくれるやつだっていやしねえ。おれたちには、お盆も正月もねえんだよ」

ペドロは谷川の流れに目を落としたまま、いくらか自嘲《じちょう》するようにそういった。

「じゃ、お盆のあいだはみんなどうしてるの？」

「上の草っ原で、ごろごろしてるよ。降りてきたって、どこもかしこも、あの世から里帰りしてきたやつらがうようよしてるからな。そういう連中の面《つら》を見るのも癪《しゃく》だし、連中のなかへこんな恰好《かっこう》でのこのこ出かけていくのもみっともねえしな。草

っ原に寝ころんで、空でも眺めているよりしようがねえのさ」

ぼくは、ペドロたちを気の毒だと思う反面、仲間のことをもっと深く知りたいという思いに駆られて、ずいぶん迷ったあげくに、とうとうこんなふうに切り出した。

「ねえ、ペドロ。きみ、初めての晩、身の上話はまたの日にしようって、そういったね」

「そうだったな」

「いま、それに関係がありそうなことを質問していいかい？」

「ああ、いいとも。ついでだから、なんでも話しちゃうさ」

「じつは、いつかジンジョにヒントを与えてもらって、この地方の歴史の年表を調べたんだけどね、きみが生まれた……死んだといった方がいいかもしれないけど、ともかくその元禄《げんろく》八年という年は、大凶作《だいきょうさく》だったんだね」

「そのとおりだ。大勢の人間が飢《う》え死《じ》にをした」

「ところが、ダンジャの天明三年も、大飢饉《だいききん》だったろう？」

「うん。天明の大飢饉だ」

「ゴンゾの天保《てんぽう》四年も、大凶作だった。ということは、きみたちはそろって大凶作や大飢饉の年に生まれて、死んでいるわけだ。きみやダンジャやゴンゾ以外の仲間たちも、そうなの?」

「そうなんだ。おれたちはみんな、おなじような悪い星の下に生まれてきたってわけだ」

「だけど、それほどの大凶作の年だったら、きみたちのほかにも、生まれてまもなく死んでしまった赤ん坊がまだ大勢いたんじゃないだろうか」

「そりゃあ、いたな。数え切れないほど大勢」

「それなのに、どうしてきみたち九人だけが、あんな古ぼけた家の屋根裏なんぞで、殺風景な共同生活をしてるんだい?」

「……なるほど」と、ペドロは苦笑した。「話には聞いてたが、なるほど都会っ子ってやつは、訊《き》きにくいこともずけずけ訊いてくるんだな。だが、まあ、いいや。それはな、おれたち九人は、結局ホトケ様にしてもらえなかったからさ」

「……どうしてホトケ様にしてもらえなかったの?」

「はっきりいえば、おれたち、殺されたからなんだ」

ぼくは、ペドロの口からそれを聞くのは二度目だったが、こんどもやはり、どきりとした。

「おどかすなよ」ぼくはいった。

「おどかしてんじゃねえさ」ペドロはいった。

「じゃ、殺されたって、だれに？」

「……ちょいといいにくいことだがな。自分の親にだよ」

と、ペドロはいった。ぼくは驚いたが、とうぜん、そんなことは嘘《うそ》だと思った。

「まさか」

「と思うだろうな」と、ペドロはかすかな笑いを浮かべていった。「いまの時代にだって、自分の子どもを殺したりするひどい親がいねえこともねえが、おれたちの場合はそんな発作的《ほっさてき》な犯罪とは性質がちがうんだ。おれたちの親は、それが当たり前のこととしておれたちを殺したんだからな。だからといっておれたちの親は、べつに頭がどうかしちゃってたわけでもねえ。……おめえ、間引《まび》きって言葉、知ってるか？」

「間引き？……万引きじゃないの？」

「万引きは、買い物をするふりをして店から物を盗むことだろう？　その万引きじゃなくて、間引きだよ」

ぼくにはなんのことかわからなかった。

「……知らねえだろうな。間引きってのは、もともと百姓が畑仕事で使う言葉なんだ。畑に作物がぎっしり芽を出す。あんまりぎっしり生えては、みんなに養分が行き渡らねえ。で、適当な間隔《かんかく》を置いて、よけいなやつは引っこ抜いちまう。これは間引きっていうんだ。ところが、それがいつのころからか、人間の子どもを作物みたいに間引きすることにも使われるようになっちまった」

「人間の子どもを?」

「そうよ。昔の百姓の暮らしは、苦しかったからな。とても生まれてくる子どもを全部育て上げることは出来ねえ。それで、子どもに間引きをするんだ。長男はともかく、次男、三男……よけいな子どもは、生まれたらすぐ殺しちまう。おれなんざ、男の五番目だったからな。とても助かりっこねえわけよ。男は、長男以外は安全とはいえねえんだ」

「間引きをされるのは、男だけなの?」

「まあな。女は育ててもまず損がねえからな。美人に育てば、どんな金持ちのところへお嫁にいけることになるかわからねえし、いざとなったら売り飛ばすことだってできる。ところが、男はどうだ。大めしを食《くら》うだけで、一文《いちもん》にもならねえ」

それでペドロの仲間には、女が一人もいないのだ。

「おれたちは、みんな間引きをされた仲間たちよ」と、ペドロは言葉をつづけた。

「生まれたとたんに、鼻や口に手で蓋《ふた》をされたり、濡《ぬ》らした紙を貼《は》られたりしてな。おまけに、おれは〈ぺんどろ沼〉に捨てられちまった。ほかの連中は……おれの仲間には空井戸《からいど》に捨てられた連中が多いな」

そうか、それでペドロたちは空井戸の底でこの世と繋《つな》がっているわけかと、ぼくは溜息《ためいき》をつきながらそう思った。

「ひどい時代だったんだね」

「まったくひどい時代だったな、いまから思えば。だけど、間引きの慣習《かんしゅう》は奈良時代のあたりからはじまって、ついこの明治時代までつづいてたんだからな。ヒノデロなんか、その最後の犠牲者《ぎせいしゃ》なんだ」

ぼくは、谷川を渡る風が妙《みょう》にひんやりしてきて、思わず首をすくめた。

「なんだか変に涼しくないか？」

「そうかな。このあたりではお盆が済むと、たちまち秋風が吹きはじめるからな。もうひと泳ぎして帰るとするか。焚《た》き火《び》をしないで泳げるのは、いまのうちだぜ」

ペドロはそういって立ち上がった。

じっさい、お盆が済むと、朝夕がめっきり涼しくなった。けれども、体を鍛《きた》えるにはその方が好都合だったことはいうまでもない。ぼくは、鉄棒で懸垂《けんすい》が軽く二十回はできるようになった。脚もずいぶん丈夫になって、二里や三里はひと息に歩けるようになった。

滑稽《こっけい》だったのは、夏休みの終わりごろ、ぼくが狐《きつね》にだまされたという噂《うわさ》が村に広まったことで、そんな噂を広めた張本人はといえば、なんと村の駐在《ちゅうざい》さんなのだ。

こんなことがあった——ジュノメェと、ジュモンジと、ヒノデロとぼくの四人で、ちいさな山を越えて隣村へ盆踊りを見にいったときのことだ。ゆきはもちろん、安楽寺の夕方の鐘の音に乗っていって、帰りは盆踊りの太鼓の音の輪に乗って帰ろうということだったが、その帰りの予定が狂ってしまった。盆踊りのなかばに、にわか雨が降ってきて、踊りが中止になってしまったのだ。

太鼓が鳴らないのでは、歩いて帰るより仕方がない。ぼくたちは、真っ暗な夜道を、すたすた峠《とうげ》を越えて村へ戻《もど》ってきたのだが、村の入り口で、自転車に乗った駐在さんとばったり出会った。ところが、駐在さんの目には座敷わらしなど見えないから、電燈《でんとう》のひかりのなかに浮かび上がったのは、ぼくだけである。

「おや、分教場のユタじゃないか」と、駐在さんはびっくりしたような声を出した。

「こんな時間に、ひとりでどこへいってきたんだ?」

そのとき、ぼくは、だれか友達の家にいってきたとでも答えればよかったかもしれないが、相手が駐在さんだから、嘘をいってはいけないと思って、正直に隣村まで盆踊りを見にいってきたのだと答えた。

「な、なんじゃと?」

駐在さんはどうしたことか、またがっていた自転車のペダルから足を踏みはずした。

「きみ、ひとりでな?」

「はい」

ぼくはそう答えるほか、しようがなかった。

「そんで、きみひとりで峠を越えてきたんか?」

「はい」

駐在さんはちょっと黙っていたが、やがて自転車から降りてくると、突然、大声で、

「おい、ユタ、しっかりしろ！」

と叫んで、両手でどすんとぼくの肩を叩《たた》いた。この四月までのぼくなら、そんな乱暴をしたら肩の骨が折れるじゃないかと思ったかもしれない。けれども、いまのぼくには、あんまり応《こた》えなかった。ぼくはほとんど平気だった。

「しっかりしてますよ、駐在さん」

ぼくはいった。

「どうだか！」

駐在さんは、頭からぼくが信用できないらしく、ぼくのすぐそばまできて、ぼくの体をくんくん嗅《か》いだ。そして、や、やっ、といって飛び退《の》いた。

「におうぞ、におうぞ」と駐在さんは叫んだ。「きみは狐か狸《たぬき》にだまされて、どこかの肥溜《こえだ》めを温泉だと思いこんで、ひと風呂《ふろ》浴びてきたんじゃろう！」

もちろん、駐在さんが嗅いだのは、ぼくのそばでにやにや見物していたヒノデロ

たちのオムツのにおいだったのだが、それが駐在さんにわかるわけがない。ヒノデロたちが大笑いしたので、ぼくもつい、笑ってしまった。

「きみ、笑っとるな? いよいよおかしい」

駐在さんはそういって、ぼくに自転車の荷台に乗れといった。

「わしは薄気味悪いが、村の駐在として、狐にだまされた子を夜道に放置して帰るわけにはいかん。送ってやるから乗んなさい」

むろん、ぼくは狐なんかにだまされたのではなかったが、ついこのあいだまで、村のなかでさえ日が暮れると、ひとりでは道が歩けなかったぼくのことだから、ひとりで峠を越えてきたといっても、駐在さんにはとても信じるわけにはいかなかったのだろう。てっきり、狐か狸にだまされていると思ったのだ。

けれども、こんなところで押し問答をしていても仕方がないので、ぼくは素直に荷台に乗った。すると、ヒノデロたちもぴょんぴょんとぼくの肩や自転車のハンドルに跳《と》び乗った。

「おお、くさい。なんたるにおいじゃ」

駐在さんは、時折りむせながら自転車を走らせた。

そんなわけで、ぼくが狐にだまされたという噂が村に広まったのだ。ぼくは、狐うんぬんのことはともかく、夜ひとりで隣村まで盆踊りなんかを見に出かけたことで、きっとお母さんに叱《しか》られるだろうと覚悟《かくご》していたが、お母さんはいつまで経《た》っても、そのことではぼくになにもいわなかった。まさか、村の噂がお母さんの耳にだけはいらないということはない。お母さんは、噂のことはちゃんと知っていながら、ぼくにはなにもいわずにいるのだ。

もしかしたら、とぼくは思った。お母さんはぼくがこの村にきてから、東京では考えもしなかったなにかに目ざめつつあることに、気がついているのかもしれない。そうして、ぼくの少年としての変貌《へんぼう》ぶりを、寛大《かんだい》な目で見守ってくれているのかもしれない。もしそうならば、ぼくはお母さんに感謝して、その期待にこたえられるようますます努力しなくてはいけない。

ぼくは、ペドロの仲間たちといっしょでなくても、もう夜道のひとり歩きなど平気だった。ペドロたちと遊んでいるうちに、暗闇《くらやみ》というものにすっかり馴《な》れてしまったのだ。それに、自分はペドロたち愛すべき妖怪《ようかい》の仲間なのだと思えば、もう夜道などにこわいものなんかなにもないのだ。

ぼくは、秋の体育祭の呼び物の、長者山の山頂までの登山マラソンで、大作と最後までデッドヒートを演じて、惜しくも二位になった。けれども、相手は中学三年生である。東京にいたころは、校庭を二周すればもう息切れがして落後したことを思えば、これは満足すぎるほどの成績であった。

村祭りのときの、小・中学校合同の相撲《すもう》大会では、なんとか六位に食いこんだ。オリンピックなら、ビリで入賞というところだが、春までモヤシだったぼくには、まるで夢のようだった。

相撲大会が終わってから、ぼくはひとりで嬉《うれ》しさを噛《か》みしめたくて、神社の裏のススキ野の方へ出ていくと、ススキ野のなかの細道のかたわらに、ペドロがしょんぼり、膝小僧《ひざこぞう》を抱いて坐《すわ》っていた。

「やあ、ペドロ。ぼくの土俵《どひょう》、見てくれたかい？」

ぼくがそういうと、ペドロは目をしょぼしょぼさせて、

「ああ、見たとも」といった。「えらい強くなったもんだな。おめでとうよ」

「ありがとう。きみと仲間たちのおかげだよ」

そういう言葉が、自然にぼくの口から滑《すべ》り出た。

「いや、おれたちはなにもおめえに教えやしない。すべておめえの努力が実を結んだのさ。まず、よかった」

そういうと、ペドロはそれきり膝小僧の上に顎《あご》ひげの生えた顎をのせて、目をとろんとさせている。まるで、眠り薬をのまされたダルマだとぼくは思った。

「どうしたんだい、ペドロ。なんだか元気がなさそうじゃないか」

ペドロはしばらく黙っていたが、やがて大きな吐息《といき》をして、

「おれは大馬鹿野郎《おおばかやろう》だよ。大馬鹿野郎のコンコンチキだ」

といった。ぼくは、ペドロがそんなに自分を責めるのを聞いたことがない。それで、なんだかおかしくなって噴《ふ》き出しそうになったが、ペドロのようすがいかにも深刻なので、ぼくは口のなかに溜《た》まった笑いを呑《の》みこんでしまった。

「どうしたんだい、いったい。なにをそんなにしょげてるの？」

「なにをって、これがしょげずにいられるかってんだ。だけど、放《ほ》っといてくれよ」

ペドロは、いまいましそうにそういったが、ぼくは彼を促《うなが》すように、なにもいわずに細道を挟《はさ》んで彼と向かい合うように腰をおろした。ペドロは、そんなぼくをみ

て、ちょっと困ったような顔をしたが、やがて観念したように、

「おれ、ヘマなことをしちまったよ。ペドロ一代の失策だ」といった。

「……で？」と、ぼくは先を促した。

「小夜坊《さよぼう》に、悪いことをしちまったんだ。小夜坊は、祭りになっても親からなにも買ってもらえねえ。いい着物を着せてもらえねえ。親たちは祝い酒を飲んでるのに、小夜坊は相変わらず弟の子守《こもり》だ。おれは可哀《かわい》そうになって、なかに千円札が一枚はいっているビーズの財布《さいふ》を、こっそり小夜坊のポケットに入れてやった。そのビーズの財布ってのは、おれが去年《きょねん》街道で拾って、いつか小夜坊にやろうと思ってとっといたやつなんだ。ところが、小夜坊ったら、自分の財布なんか持ったことのねえ悲しさで、母親に小突《こづ》かれたとたんに、ポケットからぽろりと落っことしてしめえやがった。さあ、大変だ。母親は目を吊り上げて、こんなものをどうして持っているのかって小夜坊を責めるが、小夜坊にはなんにも答えられねえ、答えられねえわけだよ、おれがかってにこっそり入れといたんだから」

ペドロは、両手をげんこつにして、自分の頭をぽかぽかと殴《なぐ》った。

「ああ、おれはなんてことをしちまったんだろう。おれがよけいなことをしたばっ

かりに、小夜坊が身におぼえのねえ罪を着せられちまった。母親は、小夜坊がその財布をどっかから盗んできたもんだと、そうきめっちまったんだ。おれが小夜坊のためを思ってしたことが、逆に小夜坊にはえれえ迷惑《めいわく》になっちまった。ああ、なんておれはドジなんだろう……」

ペドロは、両手でビートルズの髪を掻《か》きむしった。

「それで？　小夜ちゃんはどうなった？」

「さんざん折檻《せっかん》されたさ、母親にね……あの鬼女《きじょ》め！　それから小夜坊は納屋《なや》へ閉じこめられちまったが、おれはもうどうすることもできねえんだ。財布のことはおれがかってにしたことだと、名乗り出たいとこだが、それもできねえ。小夜坊を納屋から出してやることは朝めし前だが、もうなにをしてもそれが小夜坊のためになられえような気がして、手出しができねえんだよ。おれもモーロクしちまったい」

「……それじゃ、ぼくがこれから小夜ちゃんのお母さんに会いにいこうか？」

ぼくは、ちょっと考えてからそういった。ペドロはびっくりしたようにぼくを見た。

「会いにいって、どうするんだ？」

「小夜ちゃんにビーズの財布をプレゼントしたのはぼくなんですって、小夜ちゃんのお母さんにそういうのさ」

するると、とんでもねえ、とペドロはいった。

「小夜坊に財布をプレゼントしたのは、おめえじゃなくておれなんだ」

「そりゃあそうだけどさ、きみがそうしたくたってできないんだろう？　だから、ぼくがきみの身がわりを引き受けようといってるんだよ」

ペドロはどぎまぎと目をそらしたが、

「おれのかわりに、小夜坊の前でカッコいいとこを見せようたって、そうはいかねえ」

といった。そういわれれば、ぼくにはもうなにもしてやれない。

二人とも黙ってしまうと、神社の方から祭ばやしがきこえ、ススキの野原が風に騒ぐのがきこえた。

「小夜ちゃんを、仲間にする気はないのかい？」

しばらくしてから、ぼくは訊《き》いた。

「それはできねえ相談だよ」と、ペドロはいった。「なにしろおれたちは男ばかりだ。女は悶着《もんちゃく》の種だからなあ」

「だけど、率直《そっちょく》にいうけど、きみは小夜ちゃんが好きなんだろう?」

ぼくがそういうと、ペドロは放心したように前をみつめたまま、

「おれみたいな者が人間を好きになったって、しようがねえだろう?」

それから、急にがっくりとうなだれて、

「ああ、おれも人間だったらなあ……」

ペドロは、胸を絞《しぼ》るようにしてそういった。

火《ひ》の粉《こ》の河《かわ》が流れる夜

やがて、村は燃え立つような紅葉に包まれ、その紅葉が落ちてしまうと、こがらしが林の梢《こずえ》を鳴らす冬がやってきた。

雪が降りはじめると、ペドロとその仲間たちの姿はとんと見かけなくなった。あんな膝小僧《ひざこぞう》をまる出しの着物一枚、着たきり雀《すずめ》なのだから無理もないのだ。ぼくは、ペドロの仲間たちに会えなくなっても、もう淋《さび》しい思いをすることがなかった。ぼくが分教場のだれかと遊んでいると、みんなの方から仲間に入れてくれといって集まってくるようになったからだ。

おかしなことに、あれほどぼくを無視しつづけてきた村長の息子《むすこ》の一郎が、まっさきにぼくに握手《あくしゅ》を求めてきた。ぼくは、すこし気味が悪かったが、むこうから握手を求めてきたのを断わるほど、ぼくはまだ彼の人間を知らないのだ。それで、これまでのことはすべて水に流すことにして、「まあ、仲よくやろうや」と握手した。

年が明けると、雪はなおも降り積もった。村はすっぽり雪に埋《う》もれてしまった。その雪が、ようやく融《と》けはじめるころ、大作たち中学三年生とぼくたち小学六年生の卒業式があった。大作は、集団就職で、東京の寿司屋《すしや》へ働きにいった。ぼくたちはその出発を、街道のバスの停留所まで見送りにいったが、大作は乗りこんだバスの窓から顔を出して、

「おい、ユタ。あとのことは頼んだぜや」

といった。

ぼくは、あとのこととはどんなことなのか、よくわからなかったが、黙って軽く胸を叩《たた》いてみせた。ぼくはいつのまにか、なんだか知らないけれども頼まれたら引き受けてやろうという、自分でもなにかはらはらするほどの自信に溢《あふ》れていたのである。

「盆《ぼん》には帰ってくるからのう。そしたら、うめえ寿司を握《にぎ》ってやっから」

大作はそういって出発していった。

四月になると、ぼくは中学一年生になった。雪はあらかた融けてしまい、からりと晴れた日がつづいた。まだすこし肌寒い春風が吹きはじめたが、ぼくは去年のよ

うに眠くはならなかった。きっと村の子どもたちのように、眠り薬に免疫《めんえき》ができたのだとぼくは思った。

そろそろ、ペドロたちが降りてきてもいい季節だった。こんどの満月の晩は銀林荘の離れに泊まってみよう。ぼくはその日を楽しみに待っていたが、ちょうど十三夜の月が出る日の夕方、村の火の見櫓《やぐら》で時ならぬ半鐘《はんしょう》が鳴った。ぼくはちょうど銀林荘の薪小屋《たきぎごや》で、寅吉《とらきち》じいさんに薪《まき》を割って手伝っていたが、外へ出てみると、裏山の中腹からもうもうと茶色い煙があがっていた。山火事であった。昼のうちはおだやかないい日和《ひより》だったのに、折悪《おりあ》しく日暮れ近くから風が出はじめていた。

「こりゃあ、いかんぞ。春風は気まぐれじゃからのう。いつこっちへ向きが変わるかわからん。油断ができんぞ」

寅吉じいさんは、煙の向きを眺《なが》めながらそういったが、不幸なことに、それが一つの予言になってしまった。あたりが暗くなると同時に、風の向きが変わって、それまでは山頂の方へ登っていた火の手が、突然、村の方へ降りてきたのだ。

村の上には、火の粉が雨のように降ってきた。村の家々は、年々茅葺《かやぶ》き屋根がすくなくなってトタン葺きに変わっているが、それでも納屋《なや》や家畜小屋など、燃えやすい板屋根が多い。村びとたちは、自分の家の屋根を水で湿《しめ》すことだけで、精一杯《せいいっぱい》であった。

村には、水道などという便利なものはない。水は、谷川と、井戸と、泉と、池にあるだけである。ぼくは、伯父《おじ》さんと二人で納屋の屋根の上にいた。おばあちゃんと伯母《おば》さんが井戸から汲《く》んでくるバケツの水を、ロープで吊《つ》り上げるのが伯父さんの仕事で、それを屋根に撒《ま》くのがぼくの役目であった。

山の火が、ようやく下火になったころ、村にとうとう火の手があがった。飛び火で、銀林荘の茅葺き屋根が燃え出したのである。銀林荘の人たちも、離れにまでは手が廻《まわ》らなかったのだろう。ぼくは伯父さんの許しを得て、銀林荘へ駈《か》けつけたが、そのときはもう、離れの大屋根はすでに真赤《まっか》な焔《ほのお》に包まれていた。

ペドロは！　ペドロの仲間たちは！

いったん火がついたら、乾《かわ》いた茅葺き屋根ほど燃えやすいものはない。ぼくは離れに近づいたが、ごおごおと燃えさかる焔の熱さで、それ以上は近づくことができなかった。

ペドロは！　ペドロの仲間たちは！

ぼくは地面を蹴《け》るように足踏みした。どうにかするわけにはいかないだろうか。早くどうにかしなければ、ペドロが燃える！　仲間たちが燃える！　柱のなかのエレベーターが燃える！

けれども、だれも、どうすることもできなかった。離れはすっかり焔に包まれてしまった。燃える離れから噴《ふ》き上げた火の粉は、赤い河のようになって村の空を流れ、その先は村のむこうの野の方まで及んでいた。

ぼくは、たまらなくなって大声で叫んだ。

「ワダワダ、アゲロジャ、ガガイ！

ワダワダ、アゲロジャ、ガガイ！」

一陣の風がきて、焔が横に吹きなびくと、離れはすでに赤い骨組みだけになっていた。その中央に、大黒柱《だいこくばしら》が太い火柱になって立っていた。ぼくは、絶望した。とても見てはいられなくて、両手で顔を覆《おお》った。

すると、そのとき、頭の上から、

「ユタよ、おい、ユタよ」

というペドロの懐《なつ》かしいかすれ声がきこえてきた。

みると、ああ、ペドロとその仲間たち！　一人ずつ、宙に浮かんだエンツコのなかに肩まで埋《う》もれ、顔に焰の色を映《うつ》しながらぼくの方を見下ろしている。

「ペドロ！」と、ぼくは叫んだ。「ダンジャ。ジンジョ。モンゼ。ジュノメェ。ジユモンジ。トガサ。ゴンゾ。ヒノデロ！」

ぼくがつづけさまに名を呼びかけると、彼らは一人一人、うなずくように会釈《えしゃく》をした。しんがりのヒノデロは、相変わらず哺乳瓶《ほにゅうびん》の吸い口を口にくわえたままだった。九個のエンツコは、たがいに紐《ひも》で結ばれて、空中であたかも出航を待つ船のように揺れていた。

「おめえには悪いが、おれたち、いくぜ」

と、ペドロはいった。

「どこへいくんだい？」

「この村には、もう古い家はないからな。まあ、鬼子《おにこ》村の仲間のところへでもいって、当分居候《いそうろう》でもするほかねえだろう。じゃ、あばよ、達者《たっしゃ》でな」

うるんでいるらしいペドロの目は、焰を映してルビーのようにひかっていた。けれども、ペドロからみればぼくの目もまた、大粒のルビーのように見えたかもしれない。

「残念だけど、じゃ、さよならね」と、ぼくはいった。「ぼくのことは心配しないでくれよ。ぼくはもう、ひとりで大丈夫だから」

「それを聞いて、安心したぜ」

それから、ペドロはエンツコに乗ったまま、するするとぼくの肩のところまで降りてきた。

「小夜坊《さよぼう》に、よろしくな」

彼は、そういって片目をつむってみせると、仲間たちを振り返っていった。

「さあ、いさぎよく、出発しようぜ」

九個のエンツコは、ペドロを先頭にして、一気に空へ上昇した。それから、火の粉の河のなかを影法師《かげぼうし》になって、縫《ぬ》うようにうねりながら野の果てへ遠退《とおの》いていった。

解説

今江祥智

1

その昔、間引《まび》かれたために生れた、、、という苛酷《かこく》な出生の秘密をもちながら、しかも、飛び火のお蔭《かげ》で長年の住み家を失うというめにまで会いながら、この作品に登場する九人の座敷わらしたちは、まことに心優しい連中ではありませんか。自分たち座敷わらしとの出会いを求めている少年勇太《ゆうた》の前に姿を現わし、モヤシっ子よばわりされている勇太が、自分を鍛えるのに力を貸します。

こんな〝妖怪《ようかい》〟がいるのなら、勇太ならずとも、ぜひとも会ってつきあってみたいと思うにちがいありません。せっかちなわたしなど、早速にでも東北にでかけ、古びた旅籠《はたご》の離れに泊ってみたいと思ってしまったくらいです。ただ残念ながら、わたしのような大人の前には、ペドロたちも姿を見せるのをためらうかもしれません。勇太くらいの〝純〟な年頃でないと、いざ出会うと大騒ぎしてしまうにちがいなく、それは、長いことひっそりと暮してきた座敷わらしたちには迷惑千万なことでしょうから。実際に、以前、友人と広島の田舎へ旅したとき、とても古い旅籠の、大きな倉の中の座敷に泊ったことがありました。何か出るかも——という予感というよりも、誰かに会えそうな気が、ふとしました。柳田国男さんの『遠野物語』で読んだザシキワラシのことや、宮沢賢治の「ざしき童子《ぼっこ》のはなし」のことが、ちらと脳裏を横切りました。東北ではないけれど、座敷わらしがひょっこり出てきてくれるのではないかと思いました。けれど、夜半、金縛りにあって冷汗をかいただけでした。

三浦哲郎さんも、そんなことを推察しての上だからこそ、主人公を六年生の少年に、——人生の戸口に立ち、どんなこととの出会いでも素直に受け入れることのできる心の持主に仕立てたのかもしれません。そしてまた、この物語を、まず子どもから読める〝児童文学〟という形で書かれたのも、如何《いか》なる不思議が展開されようと、それをありえないこと——と、理屈でつっぱねるようなことはしないで、ごく自然に受入れることのできる読者に向って書こうという気もちがあったからかもしれません。

＊

ところで、十三年ぶりにこの作品を読み返してみて、初めて読んだときとは少しばかりちがった読後感をもちました。以前は、正直にいうと、少々気負って読んだ気がします。なにしろ、〝第一線作家が、とっておきの話を、伸びゆく世代にむけて書きおろした夢あふれる競作シリーズ！〟と銘うたれた新潮少年文庫の一冊でした。その競作というのが、同時に出版された吉村昭《よしむらあきら》さんや星新一さん、新田次郎さんら作家の競作であることはいうまでもありませんが、そのころようやく盛んになり始めたばかりの、いわゆる創作児童文学の書き手の一人として、わたしは自分も競作者の一人のように思って読んでいた気がします。

おまけに、三浦さんのこの作品は、都会育ちの少年が故郷で自分を鍛える物語です。まったく同じ発想の少年小説を十年ばかり前に『山のむこうは青い海だった』

と題して書いていたわたしは目を皿のようにして読んだわけです。わたしの方は主人公が自分を鍛える手段として、田舎の少年少女たちとの出会いやチンピラ諸君を登場させ、高杉晋作《しんさく》やイヴ・モンタンの生きっぷりを精神の杖《つえ》として仕掛けたのでしたが、三浦さんのものは大層日本的な妖怪である座敷わらしを九人も登場させ、もう一つの世界へつれこみ、その哀《かな》しい過去の中に日本の歴史のひとこまを覗《のぞ》かせるというファンタジーになっていました。わたしはこの作品を読み、ちょっとばかり口惜《くや》しくもあり、教えられもし、自分の中で何かが鍛えられた気もちをもったものでした……。

そのころ、一九七一年といえば、子どもの本の世界では、佐藤さとるさんが『ふしぎな目をした男の子』を出し、舟崎克彦《ふなざきよしひこ》・靖子《やすこ》さんが『トンカチと花将軍』を出した年でした。斎藤隆介《りゅうすけ》さんの『ベロ出しチョンマ』が読まれ始め、やがて斎藤惇《あつ》夫《お》さんの『冒険者たち』が出版されるころでした。国産の児童文学にも質の高い、面白い作品が次々に送り出されたころでした。そうした中で、三浦さんのこの作品は、大層日本的であるがゆえに、地味な作品として読みすごされたきらいがないでもありませんでした。シリーズ自体も一ダースと続かずに終ってしまいました。

しかし、ゆっくりと生き続ける座敷わらしたちと同じように、この作品はまた息を吹き返しました。一九八一年に、単行本として毎日新聞社から再刊されたのです。

2

その新版には三浦さんの「座敷わらしの話」というエッセイが併載されています。それを読んで驚きました。ほかならぬ三浦さん自身がペドロたちと同じ運命に陥っていたかもしれなかった——というのです。間引きと似たような方法で、あやうく闇《やみ》に葬《ほうむ》られかけた人間だったというのです。三浦さんのおふくろさんが、ある深い事情から、断じてお腹《なか》の子を生むまいと思い、かかりつけの産婆《さんば》さんに相談した、そして、しかるべき医者をこっそり紹介してもらおうとしたというのです。

けれどその産婆さんが熱心なクリスチャンだったお蔭で、おふくろさんに反対してくれた。堕胎《だたい》は犯罪だし、医者の腕によっては母体が危険になる、勇気を出して生んでお育てなさい——と励ましてくれた。だからおふくろさんは三浦さんを産む気もちになり——三浦さんがこの世に生れたというのです。

いくつかのもしもが重なって、三浦さんが間引きに近いかたちでこの世に生れられなかったら、成仏《じょうぶつ》もできずに、〝無邪気な怨念《おんねん》を抱いてこの世をさまようことになったのではあるまいか〟と三浦さんが書かれているのを読んで、わたしは三浦さんの座敷わらしたち、ペドロたちへの思いがよく分りました。同時に、この日本的怨念の一化身《けしん》である座敷わらしたちの物語が、どうしてもっとおどろおどろしく、どろどろしたところがないのかとも思いました。その謎《なぞ》を解くかのように、先のエッセイで三浦さんはこう書いています。

——私は、この物語を書いている間、妖怪たちの仲間になったつもりで、仕事部屋では洗いざらしの、つんつるてんの絣《かすり》の着物で通した。また、物語が陰気になることを恐れて、朝、早起きして机に向い、日が暮れると、きょうはこれまでということにして机を離れた。

そうした配慮が、この物語に不思議な透明感と独自のユーモアを与えることになっているのではないでしょうか。大飢饉《だいききん》による飢えや人間の堕《お》ちざま、果ては人が人を食うという怖《おそ》るべき現実のおぞましさについてなら、同じ三浦さんの近作『おろおろ草紙』に活写されています。そんなものを視据《みす》えた上で、子どもから読む一冊ということへの配慮から、この作品は優しい仕上りにされているのでした。

*

さて、この作品が上梓《じょうし》されて十年以上をへてようやく、子どもの本の世界でも、さまざまな変化がありました。子どもをいたずらに聖化することもなく、大人をいたずらに矮小化《わいしょうか》することも戯画化することもなく、対等に描くこと――といった、しごく当然のことも、ちゃんと作品化したものがいくつも書かれてきました。主題としても、これまではタブー視されていた、死や差別、戦争による悲惨やさまざまな嫉妬《しっと》、それにセックスといったものも大胆に取上げられるようになってきました。つまり、大人、子どもに共通の大事な問題とも、避けることなく四つに取り組むような作品が生れてきています。

そんな折だからこそ、わたしは今一度、三浦さんに子どもから読める作品を書いてもらいたい気がしてなりません。『木馬の騎手』というすぐれた短篇《たんぺん》集は、いずれも子どもが主人公になっていました。そして、子どもを鍵《かぎ》に、人生の深みをあざやかに切り取って読者に覗き見せてくれていました。しかしそれがすぐれた短篇小説だからこそ、子どもから読めるものでは、やはりありませんでした。同じ姿勢で、子どもから読めるものを書いて下されば、いわゆる児童文学と文学との間にある枠《わく》をしなやかにこわす一冊が生れる気がしてなりません。ですからこの〝解説〟はそういった意味でのわたしの三浦さんへの舌足らずなラブ・コールでもありました。
いや、実のところ、そういいながら、その新作で、わたし自身、あのペドロたちと再会したい気もちをどこか押さえきれずにいるのかもしれません。

（昭和五十九年八月、童話作家）